Pedro Nava e a Construção do Texto

Universidade
Estadual de Londrina

Reitora   *Lygia Lumina Pupatto*

Vice-Reitor   *Eduardo Di Mauro*

Editora da Universidade Estadual de Londrina

Conselho Editorial   *Patrícia de Castro Santos (Presidente)*
Antonio Carlos Dourados
Fernando Fernandes
Francisca Sousa Mota e Pinheiro
Frederico Augusto Garcia Fernandes
João Batista Buzato
José Eduardo de Siqueira
Luiz Carlos Bruschi
Odilon Vidotto
Rossana Lott Rodrigues

Diretora   *Patrícia de Castro Santos*

Edina Panichi
Miguel L. Contani

Pedro Nava e a Construção do Texto

Dados Internacionais de Catalogação na Publicação (CIP)
(Câmara Brasileira do Livro, SP, Brasil)

Panichi, Edina Regina Pugas
    Pedro Nava e a construção do texto / Edina Regina Pugas Panichi, Miguel Luiz Contani. - - Londrina, PR : Eduel ; São Paulo : Ateliê Editorial, 2003.

    Bibliografia.

    1. Memória na literatura 2. Nava, Pedro, 1903-1984 – Crítica e interpretação 3. Textos I. Contani, Miguel Luiz II. Título.

03–3994   CDD-869.90903

ISBN 85-7216-392-1(Eduel)
ISBN 85-7480-202-6(Ateliê Editorial)
Índices para catálogo sistemático:
1. Memorialistas : Crítica e interpretação :
Literatura brasileira   869.90903

Direitos reservados a

Editora da Universidade Estadual de Londrina
Campus Universitário
Caixa Postal 6001
86051-990 Londrina - PR
Fone/Fax: (43) 3371-4674
E-mail: eduel@uel.br
www.uel.br/editora

Ateliê Editorial
Rua Manoel Pereira Leite, nº 15
06700-000-Granja Viana-SP
Fone/Fax: (11) 8922-9666

Impresso no Brasil / Printed in Brazil
Depósito Legal na Biblioteca Nacional

2003

Sumário

Por que os Rascunhos? vii

Introdução 1

Um Itinerário em Espiral Contínua 5

Introjeção, Projeção, Reencontro 25

Vetores da Descoberta 47

Todos são Criadores 57

Do Conceitual ao Operativo 67

Tarefa 79

Ainda um Pouco Mais na Tarefa 87

Forças de Sinais Contrários 97

Conversão de Formas 107

Carnavalização 129

Raciocínio Diagramático 137

Considerações Finais 147

Bibliografia 151

Por que os Rascunhos?

...aprender a olhar o acidente, a pena que se bifurca, a lista de palavras que não leva a parte alguma, a garatuja para nada, o traço desregrado...e também a irrupção fulgurante de um verso.

Almuth Grésillon

A página de rascunho, metaforicamente considerada o jardim íntimo do escritor, revela o que o texto definitivo não consegue transmitir: a imaginação sem limites, os recuos da escrita, os borrões, o espaço no qual a face escondida da criação deixa transparecer o fulgor e a paixão da obra em processo. Página branca, marcada de signos negros, torna-se a imagem do espelho que refletiria as relações pessoais do escritor com a escrita, onde se supõe que tudo é permitido. Pela liberdade de rasurar, de escrever entre as linhas, de acrescentar aos originais margens desordenadas e rebeldes, este laboratório experimental desempenha papel importante na história da crítica contemporânea. O entusiasmo pelo processo da escrita e o interesse pela gênese dos textos ultrapassam a curiosidade do crítico em penetrar nos bastidores da criação e atingem dimensões próprias ao exercício literário.

Pedro Nava e a Construção do Texto

Os rascunhos de *Beira-mar/ Memórias 4*, de Pedro Nava, como os de outros livros de sua autoria, comprovam estar o ato de escrever sujeito não só ao trabalho da imaginação, mas de ser o resultado de uma lenta e minuciosa pesquisa. Saber aproveitar a lição de escrita que se extrai desses rascunhos, dos esboços textuais que nos mostram, pouco a pouco, como nasce o livro, torna-se tarefa mais do que rentável. Nessa empresa, caminham de mãos dadas a crítica genética e a teoria da literatura, considerando-se que os rascunhos, além de produzir novas luzes para o estabelecimento do texto literário, têm o mérito de reativar conceitos operatórios da crítica, como os de autoria, sujeito, intertextualidade, tradução, carnavalização, e assim por diante.

Os bastidores da criação representam um desafio e um convite ao leitor de rabiscos e de rascunhos textuais. O material exposto à pesquisa da obra de Nava encontra-se disseminado no seu arquivo, revestindo-o de riqueza documental e biográfica. O processo criativo é composto de três momentos, assim compreendidos: o primeiro, organizado em fichas, contém pedaços de papel ou folhas soltas com anotações, além de recortes de jornal, reproduções de obras artísticas, cartões postais de Belo Horizonte e desenhos ilustrativos de perfis dos amigos; o segundo momento, denominado pelo autor de *boneco*, é constituído de roteiros dos capítulos a serem escritos, mapas, questionários enviados aos colegas de geração e recortes de artigos sobre as personagens a serem retratadas. O datiloscrito, terceira fase da gênese textual, tem como suporte uma folha dupla de papel almaço que se compõe de duas faces, a da esquerda, reservada ao texto batido à máquina, com correções a tinta, e a da direita, reservada aos acréscimos feitos à caneta, após a primeira revisão, ao lado de recortes de colagens de textos e de desenhos assinados por Nava.

Por que os rascunhos?

A relação entre a série médica e a literária se concretiza através da imagem do *boneco*, que assume vários significados na obra do escritor, desde a forma original conferida aos rascunhos até os desdobramentos metafóricos. A marca do médico se inscreve no material usado para os esboços da escrita, em papel ou cartão timbrado com endereço do doutor Pedro Nava. Essa marca se configura como o reverso e o espelho do autor, a face complementar do memorialista. Nessa rede de cruzamentos textuais, o *boneco*, segunda fase da escrita, pode se referir tanto ao projeto gráfico de um livro como à concepção de cadáver, de um corpo dissecado e pronto para estudo. Na condição de desenho e de simulacro, o *boneco* não atinge o estatuto de um produto acabado, mas se expõe na sua incompletude. Esse texto se reveste da representação de um texto-cadáver, a ser manipulado, refeito e bricolado pelo criador. Durante as aulas de Anatomia, os atos de cortar, costurar, dissecar e formar o desenho interno do corpo humano permitem que se opere a associação entre a escrita memorialística e a prática do médico-estudante com os bonecos-cadáveres: o médico e o monstro, o criador e a criatura, a escrita *frankenstein*.

Pelo fato de ser um arquivo de um memorialista-médico, que inicia sua obra em 1968, aos 65 anos, é natural que a maior parte do material utilizado tenha sido o resultado da experiência acumulada pelos anos, somada à reconstrução de um discurso da memória, articulado de forma derivada, de segunda mão. Nesse sentido, a revisita ao passado vale-se tanto da ajuda dos amigos que contribuem com textos e reflexões já publicados - como é o caso de Drummond, cronista e poeta de Minas, voz que ecoa nos livros de *Memórias* - quanto pela pesquisa realizada através da leitura, troca de cartas e de fragmentos textuais retirados do noticiário contemporâneo, nos quais se confrontam fatos do presente com os do passado. A escrita da memória se exercita ainda pela articulação entre grafia e desenho, em que se condensa o traço caricatural dos perfis com a descrição de cada tipo físico das personagens que irão integrar o texto de Nava.

A composição das *Memórias*, marcada pelo olhar do presente, já se manifesta contaminada pela distância em relação ao vivido, o que permite reconhecer o efeito mediatizado e oblíquo do texto. A gênese textual de *Beira-mar* revela um procedimento construtivo semelhante ao da colagem, explorada em grande medida pela arte moderna, pelo entrecruzamento de enxertos textuais colhidos nos depoimentos e informações recebidas e de desenhos ou reproduções de imagens artísticas canônicas. A obra proustiana, leitura de cabeceira e modelo da escrita memorialista, conduz o autor na invenção de sua obra, a ponto de se lamentar estar escrevendo à sombra do escritor francês. A convicta percepção de serem suas personagens reconstruções ficcionais e não reprodução de tipos e enredos pessoais, encontra apoio no universo romanesco da literatura, uma das maiores referências do escritor.

Pedro Nava e a construção do texto este valioso ensaio de autoria de Edina Panichi e Miguel L. Contani, que tem como objetivo desenvolver o processo de criação de Nava como recurso criativo capaz de ensinar a pensar e a escrever, abre novo horizonte para a leitura desses rascunhos. A pretensa desordem escritural passa a ser vista não só como o espaço da aventura e da experimentação, mas como sinal de raciocínio e saber em movimento. A lição que se retira da leitura desse ensaio para a compreensão da dimensão formal e simbólica da linguagem atinge resultados que muitas vezes escapam ao leitor comum. Por essa razão, a preocupação didática

Por que os rascunhos?

deste livro, voltada para a explicação do processo seletivo e sistemático da escrita, será de grande valia para o aprimoramento da produção de texto nas escolas, a partir das experimentações de um obsessivo e competente memorialista. Ou como assim afirmam os autores: "Não há limites para o conhecimento e para as descobertas. Há necessidade de se agruparem os conhecimentos, as experiências e, assim tirar deles o máximo proveito. Morin e Le Moigne (2000) lembram que não basta conhecer o todo, mas é preciso mobilizar o todo; é indispensável articular e organizar as informações". (p. 61)

A atenção gasta na elaboração do processo construtivo de Nava, além de produzir um aparato teórico da mais alta sofisticação, enriquece a leitura dos rascunhos, conferindo-lhes novos significados e inusitadas soluções. A aventura da escrita é analisada como produto da miniaturização e do recorte do material escolhido, o que resulta na prática tradutória e na transformação de diagramas em textos. A abstração atingida pela escrita remete ao procedimento simbólico da linguagem, em que o afastamento do vivido condiciona o estatuto representacional de todo discurso. A idéia da obra em progresso, sem ponto final, se impondo na sua precária condição, é uma das mais conhecidas premissas do texto moderno. Comprova-se, dessa forma, a abertura infinita legada pelas pesquisas em crítica genética, ao serem valorizados os nem tão inocentes rabiscos dos escritores.

Eneida Maria de Souza
Professora Titular de Teoria da Literatura na UFMG

Introdução

Ao escrever sua obra memorialística, Pedro Nava sabia combinar recursos que ele mesmo produzia com a finalidade de dar suporte à redação de suas páginas. Os autores deste livro tiveram acesso aos arquivos construídos pelo autor para utilizar na escrita de Beira-Mar/Memórias 4 e descobriram um considerável montante de materiais que, ao mesmo tempo em que continham informação, funcionavam como uma espécie de "base de estoque" que foi transportada com notável habilidade para o texto do volume que viria a ser publicado. Descobriram que essa passagem do estado de arquivo para o estado de página escrita comportava um procedimento que poderia ser inferido e, se isso fosse feito, haveria a possibilidade de enunciar um método.

Acreditaram nesse pressuposto e estabeleceram a meta de penetrar a fundo em toda essa documentação para compreender o real valor que lhe poderia ser atribuído como elemento de criação. Perceberam uma verdadeira estrutura de pensamento que de longe ultrapassava a própria obra e que possibilitava refletir sobre o que está implicado no ato de planejar e levar a cabo um projeto de escritura. Com a motivação aumentando a cada novo detalhe com que tinham contato, passaram a almejar a descrição das habilidades que explicavam a originalidade e o poder de encantar pela riqueza de estilo, marca do ilustre memorialista.

Para a educação dos dias de hoje, em que uma intensa discussão toma corpo no sentido de buscar o desenvolvimento de habilidades e competências, as capacidades de ler e expressar-se (por escrito, principalmente) figuram com destaque na lista de prioridades. A realização do texto em Pedro Nava obedece a uma seqüência de etapas nas quais se constroem formas, de início provisórias, que mais tarde vão recebendo modificações, até o momento em que se tornam uma frase, um período, um parágrafo, uma composição completa.

Apontam essas formas, por outro lado, para o caráter social de toda experiência de produção comunicativa e do conteúdo de aprendizagem que esta implica. A escrita é uma atividade especial na qual se insere uma complexidade que não está somente no interior do texto: ela provém do ambiente e das relações interpessoais. O autor relatava sua convivência social, seu trabalho em medicina, as reuniões literárias de que participava, personalidades com quem se relacionou, locais onde viveu e trabalhou, viagens que realizou.

Num ambiente de grande diversidade cultural como o brasileiro, figuram, no mesmo espaço, elementos díspares compondo uma rede infinita de possibilidades. Nessas condições, para expressar idéias com coerência e compor frases com boa coesão, conhecimento lingüístico apenas não basta: é necessário saber (re)educar o olhar. A mais importante revelação dos arquivos de Pedro Nava é a de que ele não só valorizava essa educação do olhar, mas também conseguia instrumentalizar, com sucesso, os recursos para enxergar, por ângulos especiais, os objetos e as pessoas que o cercavam.

A fundamentação conceitual que deu origem ao pressuposto inicial deste livro foi obtida das postulações da Crítica Genética, para qual o estudo de arquivos deixados tanto por escritores como por outros artistas constituem material adequado para abordagens de natureza cognitiva, dentre outras. Compreende-se melhor, por meio do contato com arquivos de criação, o sentido de deixar de operar apenas com a idéia de produto e passar a adotar, permanentemente, a noção de processo. É neste ponto que se situa o contato com limitações, bloqueios de natureza emocional que impedem a progressão na escritura, insuficiências perceptivas que lançam obstáculos à expressão, bem como necessidade de suprir lacunas no conteúdo de informação.

As soluções encontradas deverão pressupor a capacidade de integrar e mais tarde transportar para o devido uso, todos os elementos que o arquivo logrou reunir. Surge a necessidade de outros balizadores conceituais e instrumentais. Uma vez que o pensamento só ocorre por meio de signos, o conceito de tradução intersemiótica exerce um papel fundamental ao lado da idéia de tradução como (re)criação. Para que se possa dimensionar a evolução da capacidade de olhar, são indispensáveis as abordagens do complexo, da auto-organização, da metáfora da carnavalização, das formulações da psicologia social em sua abordagem da cotidianidade. Tais perspectivas foram adotadas neste estudo e fazem parte do método enunciado.

Quando se completa o centenário de nascimento do autor, e se começa a pensar em homenagens, não deixa de ser notável o fato de que além da relevância de sua obra para o conhecimento da história literária e sócio-política do país, os arquivos que a construíram oferecem um importante legado de aprendizagem. Os autores deste trabalho tiveram a pretensão de transferir a um maior número de pessoas as observações que levantaram a partir desses arquivos. Na realidade, a maior homenagem quem presta ao público é o próprio Pedro Nava por haver preservado um material de pesquisa que pode ajudar a pensar, a organizar o raciocínio, a direcionar o olhar, a abordar o complexo, a reunir dados e auto-organizar-se. Sua presença nos ambientes de estudo torna-o mais atual do que nunca, sobretudo pelas soluções que ajuda a alcançar e pela inspiração que oferece tanto aos que desejam melhorar o próprio texto, como àqueles que desejam planejar a escrita de um romance ou outro texto literário.

Um Itinerário em Espiral Contínua

Instrumentalizar-se para realizar um trabalho representa organizar os recursos para lidar com o descontínuo e, para isso, alinhar comunicação e aprendizagem. Estrutura-se um percurso que funciona de modo espiralado e em movimento permanente: realimenta-se o processo com a experiência, modificando-se a si próprio e modificando o ambiente ao redor. Emerge um ego diferenciado mais situacional e instrumental, preparado para uma práxis que configure um aprender-a-aprender e um aprender-a-pensar.

Os ambientes escolar e profissional constantemente desafiam à produção de documentos para diferentes finalidades. Há o sentimento de frustração pelo desejo de possuir a capacidade de efetuar registros escritos, seja quando se está diante da necessidade de escrever um trabalho de conclusão de curso ou da confecção de um relatório para a diretoria de uma organização, situando-se essas duas atividades nas extremidades de uma faixa de ações que comportam toda espécie de documentação e correspondência.

Parte-se do pressuposto de que a competência para realizar bem esse tipo de tarefa, que em alguns casos chega mesmo a ser a marca da evolução técnica atingida pelo profissional, depende do desenvolvimento da capacidade cognitivo-discursiva. Essa capacidade tem origem no processo criativo. Desse modo, conhecer o processo criativo de alguém que o tenha desenvolvido tende a oferecer diretrizes. O percurso encontrado na conexão entre os arquivos de Pedro Nava e as páginas de sua autoria fazendo uso desses registros, apresenta um conjunto de etapas, procedimentos, ações em seqüência, que merecem estudo e são reveladoras de princípios, atitudes e modos de pensar que, seguidos, tenderão a resultar em expansão do tipo de competência aqui mencionado.

Um passo preliminar essencial é a coleta de materiais. O que aparentemente pode não ser significativo, prova-se de grande utilidade em certo momento da criação. Há, portanto, a necessidade de modificar os hábitos de coleta e registro de materiais. Colher depende do modo de *olhar* que também influencia a construção do discurso. A construção de um texto escrito depende, em muitos casos, da capacidade de construir formas e levá-las a sucessivas transformações que são de natureza interlingual e intersemiótica. Dentre seus vários sentidos, tradução intersemiótica significa transmutação de formas. O que se está chamando de formas são os registros de idéias ou percepções que se deseja expressar.

O que ocorre, no entanto, é que deve transcorrer um certo tempo entre obter uma idéia, registrá-la e, desse registro, produzir um texto escrito. O intervalo entre essas etapas deve necessariamente ser preenchido pela construção de formas. A passagem de uma para outra é uma transmutação. A um desenho simples, representando uma cena que se quer descrever num outro momento, podem-se adicionar palavras escritas, formando um todo de sentido e uma imagem mais precisa. Essa composição, juntada a outra organizada pelo mesmo processo, produz um sentido ampliado. Haverá um ponto em que essa imagem mais complexa já tenha dado conta da complexidade do pensamento atingido naquela altura. Isso alivia a condição de escrita da frase. Passa-se a

Um Itinerário em Espiral Contínua

não depender apenas da frase para refletir o conteúdo do pensamento. Não se trata de acreditar, contudo, que à frase reste apenas uma função de revestimento; é em seu interior que uma rica variedade de recursos poderá ser encontrada. Utilizá-la antes de levar em conta etapas indispensáveis à sua construção, pode resultar em dificuldades metodológicas que se avolumam e se perdem de vista, atingindo-se um momento de inconsciência dos reais motivos de bloqueio a continuar a escrever.

Fala-se, portanto, de uma modificação de compreensão. A frase deixa de ser compreendida como elemento primeiro da composição, e em seu lugar atuam formas que nela vão receber expressão. Formas aparecem de modo contínuo. A diferença que se está aqui apontando é a de habilidade de registrá-las exatamente no momento em que aparecem em movimento, em fluxo contínuo, muitas vezes em ritmo veloz e involuntário. Como se trata de registrar um fluxo, o que se capta assegurará a recuperação de apenas uma parte do que vem à mente. Tentar obter o texto escrito somente a partir da frase, embora haja pessoas com a capacidade de assim trabalhar, é uma inversão de procedimento. A frase considerada final e integrada no texto é sempre diferente da frase utilizada como recurso de organização e planejamento desse mesmo texto. Ignorada essa condição de construção, a ansiedade aumenta e nesse momento cai-se num campo de sentimentos e sensações de natureza irracional. O que se torna concreto é que o trabalho pára e o texto não se produz. As conseqüências para a auto-estima são variadas: a mais presente e de efeito paralisante é a descrença de se conseguir o texto idealizado que nunca se saberá que não surgiu porque etapas precedentes não foram construídas.

Quando se admite que materiais de qualquer natureza podem realizar o papel de servir de suporte para a transmutação de formas, ganhou-se uma condição operativa e instrumental. Essa condição pode ser desenvolvida como hábito, aperfeiçoada como habilidade e gerar futuras competências comunicacionais. Há, portanto, uma espécie de química em que formas vão sendo sucessivamente transmutadas e oferecendo traduções de pensamento até o ponto em que se passa a dispor de frases escritas. Não há pensamento sem signos e estes fazem parte de uma cadeia, o que obriga a falar em termos de semiose. A semiose se apresenta, ela própria, como conjunto de formas em movimento. Coleta de materiais é indispensável para o estabelecimento de conexões entre o que está no mundo e o que está na mente e é transportado de volta para o mundo.

Construir espaços para anotações é um modo de organizar-se para codificar os elementos a serem transformados em componentes do discurso. Alguns autores utilizam como espaço o formato de fichas, outros podem utilizar-se de diários ou cadernos e outras formas de anotação. As anotações que vão sendo reunidas compõem o conjunto que se designa documentação no sentido mais amplo. Há desvantagens em deixar de realizar essa etapa de construção de registros e anotações.

Um exemplo de quebra de estereótipo pode ser encontrado na situação de uso da linguagem científica. Veja-se o caso de alguém que está diante da obrigatoriedade de apresentar um trabalho de conclusão de curso ou escrever um artigo em publicação especializada. Acredita essa pessoa que basta ter em mente os objetivos a serem atingidos e já estará apta a partir para a escrita de um texto. Eis a falsa crença de que o texto nasce pronto, ou pode ser realizado em operações lineares, como é linear o modo em que se apresentará quando já publicado. Instala-se, na verdade, o desconhecimento de que não se organiza o pensamento exclusivamente a partir da forma escrita como primeira operação. O que na maioria das vezes acontece é que o texto não surge, sua construção não flui, e torna-se imperioso exercitar a competência de lidar com diferentes formas que não apenas a frase.

Competência define-se como um conjunto de habilidades que para ela convergem. É, portanto, necessária a permanente construção de habilidades. Coletar idéias adequadas à análise do objeto de estudo constitui um desses procedimentos. Essas idéias obtidas nessa etapa inicial precisam ser registradas. As *formas* que registram essas idéias são diferentes das que serão consideradas momentaneamente adequadas; ou seja, um estereótipo pode desenvolver-se quando não se compreende que essas formas iniciais não necessariamente devem ser textos elaborados. Às vezes, bastam duas palavras-chaves escritas uma ao lado da outra, um desenho, um croqui mal-acabado, um mapa, um recorte de jornal – para registrar formas que mais tarde serão convertidas num texto escrito.

Há uma tendência a escrever o texto diretamente. São poucas as pessoas que conseguem fazê-lo. Portanto, é fundamental abandonar a crença de que um texto se constrói direto como texto. Na realidade é uma composição de formas que os autores conseguiram converter em texto. Essas formas preliminares são necessárias e devem ser tornadas suficientes para organizar e registrar a coleta de material. O material coletado, organizado e decidido será apresentado em formas que se transmutarão. Materiais consultados contêm idéias que devem ser transportadas com cuidado, o que também pressupõe a habilidade de manejar diferentes formas. Distúrbios da comunicação ocorrem quando há um desnivelamento entre uma parte conhecida e outra desconhecida. O mais clássico exemplo é o querer escrever sobre algo que não se conhece. É necessário, no entanto, alterar a compreensão do que significa conhecer. Pode-se conhecer por vivência direta, mas também (e essa é uma competência a desenvolver) por meio de diagramas. Diagrama, no sentido aqui atribuído, é qualquer forma gráfica (no modo como já foi transposta para o papel ou recurso equivalente) que *replica* o funcionamento de uma dada situação.

O quarto volume de memórias de Pedro Nava registra a vida dos anos 1920, quando o autor, jovem estudante de medicina, em Belo Horizonte, ensaiava os primeiros passos na literatura. O título é enganador, pois o livro ainda não abrange a chegada do autor ao Rio de Janeiro, portanto nada há de mar, tão somente um anseio do mesmo, que será o cenário do muito que ainda tem a narrar. Livro rico de dados, de fatos e de experiências, é, ao mesmo tempo, informação e visão pessoal da época e dos companheiros do autor. Neste volume, o leitor é levado a conviver com o grupo modernista mineiro, jovens empolgados pela literatura e que são revividos com tal apuro descritivo, que parecem estar presentes. Do grupo - conhecido como *Grupo do Estrela* (nome de um velho café onde se reuniam diariamente) destacam-se nomes como o de Carlos Drummond de Andrade, Milton Campos, Abgar Renault, Emílio Moura, Gustavo Capanema, Alberto Campos, Mário Álvares da Silva Campos, Gabriel de Rezende Passos, Mário Casassanta, João Alphonsus de Guimaraens e muitos outros não menos significativos. Em *Beira-Mar* estão registrados momentos decisivos na vida do autor, que foram responsáveis pelo seu despertar para a literatura.

Em *Beira-Mar* Pedro Nava dá conta de um período de sua

vida que parecia remoê-lo de saudades. Tudo se passa em sua querida Belo Horizonte, onde os homens se reuniam no Bar do Ponto para apreciar o movimento após as 16 horas, quando as repartições eram fechadas e seus funcionários dispensados; tempo em que o verbo "descer" assumia um sentido bastante peculiar. Descer, em Belo Horizonte, a partir das dez e meia da noite, era fazê-lo para os cabarés, os lupanares, para a zona prostibular da cidade. Seus mestres de medicina, seus amigos, companheiros de geração, a visita dos modernistas paulistas a Minas, seus primeiros amores, suas influências literárias, suas primeiras experiências médicas, suas andanças boêmias pelos prostíbulos, os acontecimentos políticos com suas jogadas, manobras e personagens, tudo isso está relatado com fidelidade e arte nessas memórias.

Segundo o próprio autor, dois mecanismos se conjugam nessa recuperação do passado: o da memória involuntária pela qual o passado surge de forma repentina e absoluta e o da memória provocada que se esforça por reconstituir todos os pormenores do vivido em outras épocas[1]. Vale lembrar que, nas mãos de Pedro Nava, qualquer papel, carta, documento, fotografia, servia de ponto de partida para a recriação do passado. Essa recriação era produto da intuição artística do escritor que, ao reconstituir uma época ou um ambiente, a partir da documentação e do material compilado, o fez de maneira bastante original.

Pedro Nava, em suas memórias, aparece apenas como narrador dos fatos de que foi testemunha, procurando valorizá-los literariamente. E foi como testemunha que depôs, falando muito

---

[1] Ver Pedro NAVA (1983) *Baú de ossos/* memórias 1. 6 ed. Rio de Janeiro: Nova Fronteira, p. 345.

mais das pessoas que conheceu e com quem conviveu do que de si próprio. Para o autor (1975), a memória é algo que fica entre a realidade e a ficção. "Não ficção no sentido da invencionice pura, mentira gratuita. Mas a ficção feita com a massa de lembranças elaboradas, logo com a experiência artística e pessoal do autor." Segundo suas próprias palavras (1983a), "o memorialista é forma anfíbia de historiador e ficcionista e ora tem de palmilhar as securas desérticas da verdade, ora nadar nas possibilidades oceânicas de sua interpretação. Transfigurar, explicar, interpretar o acontecimento é que é arte do memorialista." Para o autor (1972a) "escrever memórias é como mergulhar e voltar à tona - ou é como estar se afogando e subir à tona tantas vezes quantas nos ajude a memória."

Observa-se o que se definiu como espiralação. Na ligação entre massa de lembranças colocada a serviço da experiência artística, o movimento é espiralado no sentido de que essa massa de lembranças produz uma modificação na experiência artística do autor e essa mesma experiência artística é modificada pela massa de lembranças. Num nível acima, como na imagem de uma espiral, parece voltar para o mesmo lugar pelo qual já passou numa época anterior. No entanto, ao fazê-lo, está numa situação modificada. É o que se pode entender por ego situacional e instrumental: o autor agora possui os dois elementos de que necessita para cumprir seu projeto: a situação e o instrumento. Num sentido geral, o que se quer afirmar como práxis do aprender a pensar, no caso específico da indicação feita pelo autor, significa alternar a memória provocada e a memória involuntária. Essa alternância é um dos funcionamentos da espiral.

O ego opera de modo situacional quando reconhece a importância de estabelecer a memória provocada e esta somente pode ser acessível se bem instrumentalizada. Não executar esse procedimento, na situação em que o autor deixa entender encontrar-se, significaria bloquear-se ou defrontar-se com a necessidade de encontrar um modo alternativo de prosseguir. O que resultaria, certamente, seria um atraso em alcançar os objetivos de seu projeto.

A obra de Pedro Nava é considerada, na sua forma original, livros de memórias, mas transcende essa limitação para invadir a crônica de costumes, a história das cidades e das gerações que nelas viveram, o desenvolvimento sócio-cultural e econômico, a medicina, a política, a literatura e até mesmo a ficção, tirando-a do simples retrato documentado de uma época. Os fatos, dessa forma, adquirem uma dimensão artística graças à capacidade de reconstituição do autor a partir do momento em que domina o movimento de espiralação. Ou seja, constrói formas que mais tarde serão convertidas em texto definitivo tendo passado por definições provisórias.

Pedro Nava (1972b) admitia que pode haver muito de subjetivo nas verdades de um escritor: "Escrevendo minhas memórias, faço uma interpretação pessoal de fatos a que assisti. Pelo fato de ser pessoal, essa narração já é deformada. Para contar um fato passado, tenho que voltar atrás com a recordação, atravessando o tempo com a bagagem de experiências que fui acumulando e carrego no presente. Em outras palavras: tomo quatro ou cinco pedaços de verdade, acrescento uma parte de imaginação e, tirando conclusões, faço uma reconstrução verossímil. Machado de Assis costumava dizer que o verossímil é muito mais certo que a verdade."

Quando faz essas afirmações, o autor está-se referindo ao que aqui se designa como transmutação de formas. Comprova-se também que esse é o seu método de lidar com o pensamento complexo e encontrar maneiras de transpor os limites dos quais demonstra consciência.

Memórias há muitas. Cada um tem as suas e o segredo não está apenas em saber contá-las, embora esse aspecto seja de fundamental importância numa obra que se quer literária. Para marcar a qualidade de um livro de memórias, a arte de viver os fatos constitui-se na primeira condição, antes da arte de contar, e Pedro Nava viveu intensamente todos os acontecimentos, todos os ambientes, todas as situações e todos os climas que restitui: "não sou historiador, sou memorialista. Trato de fatos que tenho a liberdade de interpretar, porque fui participante deles."

O título do quarto volume de memórias de Pedro Nava, escrito de 1/1/1976 a 11/4/1978, foi proposto ao autor por Lúcio Costa que em conversa informal perguntou se ele chegaria ao Rio nesse livro. Diante da afirmativa (o que acabou não acontecendo), veio a sugestão do amigo, acatada pelo escritor.

Pedro Nava revela uma enorme capacidade de operacionalizar criativamente a memória. A sua curiosidade de inquiridor (herança de médico), levava-o a descer a minúcias como se desejasse fazer um diagnóstico, aplicando sua ciência à língua. Nada lhe escapava. Tudo era anotado e guardado como uma possibilidade de uso. Aqui se exemplificam as menções feitas anteriormente, a respeito da criação do hábito de registrar descobertas produzindo alicerces para o desenvolvimento da habilidade de converter formas. Começa, nesse ponto, um movimento no sentido de lidar com elementos díspares e utilizar os nexos entre comunicação e aprendizagem.

O próprio autor aponta que o processo de construção que adotava, obedecia o seguinte percurso: "Eu faço uma súmula do

Um Itinerário em Espiral Contínua

que vou escrever. Posso mostrar a você a coisa como eu faço. Tudo o que me ocorre – o meu mecanismo é este – me ocorre de lembrança interessante, de fato curioso, um achado de língua, digamos, uma combinação de duas palavras que eu ache bonita, que eu goste, que eu surpreenda num jornal, ou eu mesmo falando, ou um amigo, eu tomo nota daquela coisa como uma possibilidade de usar. De modo que eu vou tomando nota, seguidamente, em vários cadernos, escrevendo sempre num lado da página, respeitando sempre o outro lado porque, quando eu preciso daquilo, eu meto a tesoura, corto, arranco, e aquilo é uma fichinha que eu vou usando. Faço também a minha súmula e nessa súmula coloco a numeração daquelas fichas que eu vou tirando, que eu vou separando. Por exemplo, eu digo – PARANÁ. Se eu encontrar referências a poetas do Paraná, como Aderbal de Carvalho, por exemplo, que eu fui colega do filho dele, isso eu já teria posto numa ficha. Eu ponho nº 1, 2, 10, 30, 40 ali naquela coisa e assim eu vou fazendo isso e na hora em que eu estou escrevendo, vou juntando, vou usando essas fichas. Nos meus dois primeiros livros, eu joguei fora. Eu escrevia com uma cesta de papel ao lado e jogava fora a ficha. Contando isso ao Carlos Drummond, ele me passou uma espinafração muito grande e disse: 'respeite-se' – foi a expressão dele – 'tenha respeito pelo que você escreve, uma nota sua, você guarde, porque se você for estudado mais tarde, você deixa isso como documentação'. Eu passei a guardar essas fichas e com isso eu adquiri mais respeito pelo que eu faço, pelo que eu escrevo. Não há página minha que eu não tenha consultado duas ou três fichas. Um livro meu, de 500 páginas, foram 1500 fichas consultadas, mais ou menos. De modo que isso foi uma coisa que me deu uma certa tranqüilidade de um trabalho que não é leviano...o que eu escrevi é resultado de elaboração, de nota."[2]

Como se pode perceber pelo depoimento do autor, o formato ficha tem uma função muito bem definida como parte da primeira etapa da escritura e o *boneco* (nome que o autor dava à súmula) como utilização dos elementos constituídos na etapa inicial. O termo *boneco* é amplamente empregado em atividades gráficas para designar um material provisório, uma espécie de maquete - o projeto gráfico de um livro. Para Pedro Nava, no entanto, não é esse o sentido. Trata-se de uma súmula, o mais possível organizada num único espaço – a maior parte das vezes na mesma folha. O autor agrupa as formas que definiu anteriormente em fichas isoladas que desta vez passam a formar conjunto.

Nos últimos anos, o gênero memórias tem-se intensificado. Poucos, porém, ultrapassam o documental e atingem o plano de literatura. Pedro Nava destaca-se de modo especial por sua obra que, além de constituir-se num documento de época, tem seu nível literário favorecido pela prosa nada convencional. Segundo o próprio autor (1983b: 412-13), biografias, histórias, lembranças e memórias podem ser consideradas literatura "quando escritas com a surpresa e o mistério da poesia. Com as qualidades da clareza e do estilo original [...]. Na opinião do que fala é ocioso discutir os limites da literatura. Literatura é tudo aquilo feito com bom estilo, tudo que é bem escrito e que é tocado, ainda que de leve, pela mão da poesia."

Aqui se podem lembrar as funções da linguagem conforme definidas por Jakobson (1999) em seu artigo *Lingüística e Poética*,

---

[2] Entrevista feita com o autor no dia 8/9/83 em seu apartamento na Glória, Rio de Janeiro por Edina Regina Pugas Panichi.

que aponta uma correlação permanente, no interior das mensagens, de funções que chama de referencial, poética, fática, metalingüística, vinculadas, respectivamente, ao contexto, mensagem, contato e código - e as funções emotiva e conativa vinculadas ao remetente e ao destinatário. Vale registrar que essa classificação, a exemplo de todo tipo de esquema, pode levar a pensar que se trata de funções excludentes ou momentos bem delineados e definidos num processo comunicativo. É importante ter em mente que qualquer dessas funções terá efeitos limitados se não receber a cooperação das demais, dependendo do objetivo que se busca atingir. "Numa dada mensagem é impossível observarmos as funções em estado puro - são articuladas entre si, cruzando-se o jogo hierárquico dessas funções." (Challub, 1997:11).

Numa passagem em que descreve o corpo humano, Pedro Nava deixa claro o entrecruzamento dos diferentes níveis de linguagem. Isso pode ser já observado na ficha preparada para descrever a passagem. Essa ficha (reproduzida tal como o autor a deixou), identificada com o número 13, traz as seguintes anotações:

> Cineradiografia
> O enchimento do estomago e a passagem do
> esofago como uma queda de lava ou
> movimentos reptilianos.
> A angiografia no escuro como uma corrida
> mineral (fita de ferro) numa volta redonda.
> O clister opaco como cogumelos atomicos, como
> cumulus nimbus.
> O coração contrastado como une poulpe no
> fundo do mar latejando como coisa madreporica
> e levantando a tromba da aorta.
> A divisão arboriforme da broncografia.

O texto, na íntegra, assim se apresenta:

Naquelas instalações, pela mão do Flávio, penetrei no mundo lunar e submarino das radiografias e radioscopias. Estas me davam a impressão de que a luz astral e poderosa penetrava o compacto do corpo humano, iluminando-o daqueles clarescuros que eu ia aprendendo a ler. Que prodígio! ver o que tão mal captávamos percutindo e auscultando! Ver o tamanho, a forma da aorta com sua crossa e de todo o pedículo vascular que paraboliza coração acima e afora! Ou a artéria magna era como tromba de um bicho saindo do coração latejando como coisa matrepórica, como anêmona presa ao diafrágma-fundo do mar e fechando e abrindo à impulsão das águas-sangue-oceano. Ver um gole opaco de ser e desenhar o invisível esôfago como uma queda de lava! Os clisteres intransponíveis aos raios Roentgen mostrando as alças da tripa como cúmulus-cogumelos que os atômicos imitariam na forma! Ver concretizar-se de repente uma árvore delicada e construída como as mangueiras as cajazeiras jaqueiras jambeiros tamarindeiros dos meus sonhos nos recreios do Pedro II – nas broncografias. Aquilo era mais uma visão do corpo humano, senão na sua permanente beleza, ao menos no seu permanente prodígio...(p.356).

A descrição do corpo, tendo como ponto de partida a radiografia de suas partes, poderia sugerir, a princípio, um texto referencial por excelência, uma vez que o uso de tal função é uma das dominantes do discurso científico. Não é o que se verifica, no entanto. A função referencial aparece combinada com outras funções. As comparações [a artéria magna era como tromba de um bicho (...) latejando como coisa matrepórica, como anêmona presa ao diafragma-fundo do mar; Ver um gole opaco descer e desenhar o invisível esôfago como uma queda de lava!; Os clisteres (...) mostrando as alças da tripa como cúmulus-cogumelos; uma árvore delicada (referindo-se à árvore bronquial) e construída como as mangueiras as cajazeiras jaqueiras jambeiros tamarindeiros], a justaposição (diafragma-fundo do mar; águas-sangue-oceano; cúmulus-cogumelos) e a aglutinação (clarescuros) de palavras, as exclamações, as reticências, a adjetivação cuidadosa (artéria magna; gole opaco) todas revelam também traços das funções emotiva e poética que dialogam entre si, concorrendo para a composição da mensagem.

Assim, recortes de jornais, desenhos e o conteúdo disperso nas fichas da primeira fase agora começam a compor uma forma mais complexa. Esse grau de adensamento dá conta da complexidade presente no texto preparado para ser publicado. Quando se reflete sobre a questão da densidade de um texto, em geral uma falsa idéia que surge é a de que o trabalho exclusivo no nível da frase poderia resolver. O que aqui se demonstra é que sem passar pela composição da súmula como forma intermediária, será impossível obter resultados satisfatórios no texto final. Ou seja, o que se está afirmando é que normalmente se atribui o insucesso no expressar um grande número de variáveis a uma insuficiência no domínio do idioma, sua gramática e suas possibilidades estilísticas. Na realidade, a fonte de toda a perturbação do processo está na ausência da súmula ou qualquer outra forma equivalente.

De posse de um roteiro, é sempre mais segura a continuidade de um texto. Vale lembrar o que já se afirmou quanto a tentar organizar tudo o que se pretende dizer por meio exclusivamente da frase. Há um montante de conteúdo que cabe à súmula, não necessariamente à frase, expressar logo de início. Esse procedimento também assegura a capacidade de direcionar o texto porque permite recorrência. Quando não se tem uma súmula, o tempo despendido para elaborar uma frase puramente verbal pode criar uma demora de retomada do objeto inicial (que nem sempre retornará com a mesma nitidez) e fazer dissipar a complexidade do que se deseja exprimir. Uma frase que poderia ganhar força pela riqueza de elementos, torna-se vazia e pouco expressiva. O sentimento derivado dessa perda tem influência direta no ânimo a prosseguir.

Pedro Nava e a Construção do Texto

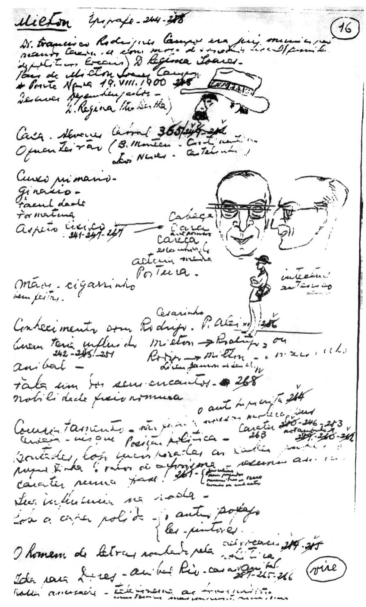

Esta é a reprodução de uma súmula (boneco) com a qual Pedro Nava estruturava o texto das passagens retratadas em suas obras. Observe-se, nessa composição, que o conteúdo das fichas e dos demais registros é transportado para uma visão de conjunto, o que passava a constituir uma forma unificada de apoio ao raciocínio.

A construção do boneco é o exercício de uma competência plena para seguir trabalhando nesse momento, ou seja, desbloquear-se. É uma competência para realizar algo que se completará mais adiante. O procedimento que Pedro Nava adota ao preparar os seus originais também desperta muito a atenção. Indagado a respeito, disse o seguinte: " Eu escrevo, geralmente, uma só vez, à máquina. Escrevo à máquina, em folha dupla, quer dizer, folha de papel almaço. Coloco o ponto que se dobrou para a direita, de modo que, quando eu abro aquelas duas folhas de papel, na minha direita há uma folha em branco. Quando faço substituições, acréscimos e, de certa forma, quando eu acho uma frase muito ruim, aquela eu tiro fora do texto, escrevo separado. Geralmente a escrevo a mão, a lápis e procuro corrigir, ver onde é que está o 'enguiço' ali."[3]

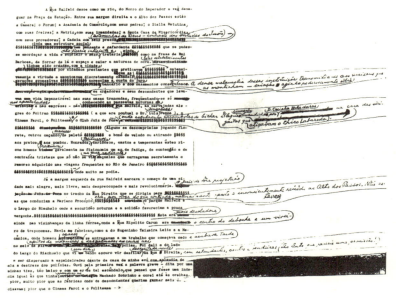

A reprodução acima ilustra a terceira fase da escritura em que a página da direita recebe os "balões" cuja função é promover os sucessivos ajustes ao texto.

[3] Seqüência da citada entrevista.

Essa parte do depoimento faz ver o grau de serenidade com que o autor ultrapassa as etapas mais difíceis de organização e atinge a da formulação verbal com suas sucessivas reorganizações. Observa-se uma transição de habilidades. A habilidade de agrupar e organizar dados precedendo a habilidade de composição e reorganização. Sem a primeira, não há possibilidades concretas de realizar satisfatoriamente a segunda. A frase escrita é fundamental na segunda e imperfeita para a primeira. O estereótipo está presente no momento em que se acredita ser possível iniciar já nessa fase, sem passar pelas anteriores que, como se observou, requerem o concurso de certas habilidades. Há um aumento de ansiedade.

Observe-se que a abordagem deste estudo é de natureza cognitiva, o que torna indispensável indicar os procedimentos acima. Não se trata de dar-lhes um caráter de absoluto, uma vez que, como já dito, poucas pessoas podem construir textos sem o apoio de dados na organização aqui explicitada. Certamente, a experiência dessas pessoas construiu-se a partir de um encaminhamento cognitivo não exclusivo do texto escrito que hoje domina.

A escolha de Beira-Mar/Memórias 4 como objeto de estudo deveu-se a dois fatores: em primeiro lugar, por sugestão do próprio escritor que, numa conversa informal com um dos autores deste trabalho, segredou ser esse o volume que mais o agradava, por abranger o período de maior importância em sua vida – "viver os 20 anos nos anos 20" – e por agrupar os amigos contemporâneos. Em segundo lugar, pelo privilégio de termos em mãos cópias dos arquivos referentes à produção de Beira-Mar, conseguidas junto à Fundação Casa de Rui Barbosa, no Rio de Janeiro, através de seu diretor, à época, Plínio Doyle. A concessão desses documentos foi possível, graças à intervenção da família do autor, na pessoa de sua esposa Nieta Nava que, tendo conhecimento do empenho do marido no desenvolvimento da Dissertação de Mestrado[4] que na ocasião estava sendo elaborada, solicitou a abertura e cópia dos arquivos logo após a morte do autor.

---

[4] Ver Edina Regina Pugas PANICHI (1987) *O processo criativo e a adjetivação de Pedro Nava na obra Beira-Mar/memórias 4,* Dissertação de Mestrado Instituto de Letras, História e Psicologia da Unesp - Assis, 1987.

Introjeção, Projeção, Reencontro

Quando se consegue encontrar o instrumento de apreensão do objeto do conhecimento, organiza-se um conjunto de relações com as quais é possível abandonar o âmbito estritamente individual e ganhar a dimensão social. Passam a conviver o mundo interno e o mundo externo, o que condiciona o aparecimento e o banimento de visões distorcidas do mundo exterior, em diferentes graus, sobretudo acerca do papel do outro. Essa percepção é marcada por situações de reencontro, fator que rege toda a vida emocional de um indivíduo. O alinhamento desses elementos provoca o contato com modelos, pautas ou esquemas referenciais que influenciam diretamente no processo de aprendizagem ou leitura da realidade.

O conjunto formado pelos documentos a que se teve acesso sobre a obra *Beira-Mar/ Memórias 4* compreende um vasto material que vai desde fichas, anotações para lembrete, mapas, desenhos, caricaturas, plantas de edifícios, recortes de jornal, dentre outros. Um estudo de como esse material se converteu ou foi efetivamente empregado na realização da obra requer uma delimitação, uma vez que é extremamente vasto. O procedimento de estudo será de examinar uma parte desse material que contenha suficiente significado e possa ser identificado no movimento de conversão para o texto que foi efetivamente publicado. Um ponto de descoberta estaria localizado exatamente nesse recorte. Em momentos seguintes, o objeto que passa aqui a ser caracterizado, receberá expansão. Ou seja, de início, o contato será com o material equivalente ao texto contido entre as páginas 171 a 175 da segunda edição da obra publicada em 1979. Essa foi a edição escolhida pelo fato de ter sido revisada pelo autor e conter alterações importantes.

Na passagem selecionada de *Beira-Mar*, os documentos em estado de forma preliminar (fichas, dentre outras formas) foram colocados na ordem de aparecimento no texto publicado. As transcrições feitas neste trabalho, no sentido de ilustrar o processo criativo, respeitam a íntegra desses documentos. Falta, por exemplo, num significativo número de oportunidades, a acentuação das palavras, o que, ao construir os documentos, o autor não efetuava. De início se observa um envelope contendo um número: 97, com as seguintes observações: *Rua Silva Jardim Casa do Carlos.* Quem lê algo assim, jamais pode fazer idéia de que Rua Silva Jardim é mencionada num poema de Carlos Drummond de Andrade (o Carlos a quem ele se refere) que se encontra num recorte de jornal colocado dentro do envelope. O que mais interessa, neste ponto, é que o trecho desse poema, transcrito abaixo, foi utilizado, a princípio, como epígrafe na página 171 de *Beira-Mar:*

> A casa não é mais de guarda-mor ou coronel
> Não é mais o sobrado. E já não é azul.
> É uma casa entre outras. O diminuto alpendre
> onde oleoso pintor pintou o pescador
> pescando peixes improváveis. A casa tem degraus de mármore.
> (..)
> Rua Silva Jardim ou silvo-longe?
> (CARLOS DRUMMOND DE ANDRADE: A Casa sem Raiz)

A segunda ficha é encontrada sob número 82 e faz observações que se referem a características que o autor vê em Carlos Drummond de Andrade: *falação rápida como quem quer acabar depressa, ir embora, sair.* Quando esse conjunto de formas se converte em texto publicado, produz o seguinte conteúdo:

Introdução, Projeção, Reencontro

> Rememoro o Carlos Drummond dessa fabulosa década de 21 a 30 pela sucessão fotográfica de sua imagem na memória e por quatro retratos que conservei. O primeiro, de 24 ou 25, mostra um moço menos magro que o adulto, ar rápido como se quisesse sair depressa do raio da objetiva da máquina (...).(p. 171)

Na passagem da anotação para o texto, o autor tomou o cuidado de efetuar um reencaixe sintático: o que estava disperso foi reelaborado. Eis um fator vital nesse tipo de circunstância e de alto poder revelador dos procedimentos a adotar na manipulação de formas. O autor transforma a expressão *falação rápida, como quem quer acabar depressa, ir embora, sair* em *ar rápido como se quisesse sair depressa do raio da objetiva da máquina (...)*. A construção que foi para o texto definitivo ganhou adequações do ponto de vista sintático-fônico. A seqüência de sons sibilantes *se quisesse sair depressa* sugere a rapidez de movimento. Ela não constava da anotação do arquivo, mas este serviu de suporte para tentativas que levassem a tal efeito. A anotação inicial estava dividida em três blocos. A quebra da estrutura virgulada, típica de uma anotação, é corrigida na manipulação da forma escrita final por meio dos ajustes já mencionados.

Mais abaixo, na mesma ficha: *piscação dos olhos*. Essas observações também são encontradas já com a forma que ganhou no texto final: *Nessa ocasião também piscava mais os olhos.*(p. 171) O trecho encontrado ainda na mesma página: *Todas essas fotografias mostram um moço de cabeça bem posta no longo pescoço de figura de Modigliani (..).* teve origem na ficha numerada com 96, cujos dizeres são: *pescoço Modigliani Carlos*. Para quem não esteja familiarizado com as pinturas de Modigliani, há um ganho de informação: Modigliani pintava figuras com pescoços longos, o que motivou a observação sugerida pelo autor.

27

Aqui ocorre o inverso da situação anterior. A ficha continha elementos sonora e sintaticamente adequados. Quando utilizou a ficha para escrever a passagem, efetuou ajustes que acabaram por modificar essa primeira configuração. A frase resultante organiza um conjunto de palavras paroxítonas que produzem, dentre outros efeitos, a sensação de ir progressivamente levantando o rosto e, conseqüentemente, alongando o pescoço até que se termine de lê-la. Observe-se: *Todas essas fotografias mostram um moço de cabeça bem posta no longo pescoço de figura de Modigliani (..).*

A ilustração a seguir funciona como complemento a essa compreensão:

 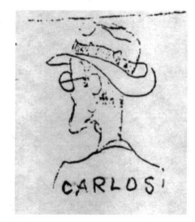

A caricatura de Drummond, à direita, foi desenhada pelo próprio Nava. Note-se a semelhança com a pintura de Modigliani reproduzida à esquerda. O pescoço é alongado, forma que o autor consegue transportar para a frase que escreve.

A pintura de Modigliani à esquerda intitula-se *Jeanne Hebuterne Sentada*.

Introdução, Projeção, Reencontro

Ainda mais importante, a frase foi elaborada de forma a conter um montante de informatividade que conduzisse o leitor a visualizar essa característica marcante de Drummond. Numa operação de transposição como essa, em que se parte de uma ficha para uma construção de frase, pelo menos dois elementos entram em jogo: o ajuste sintático-sonoro entra em cooperação com a informatividade.

O autor consegue construir uma estratégia, uma tática e uma técnica para abordagem da realidade quando converte cenas com que se defronta em ações concretas que, naquele momento, considera capazes de provocar a emoção que pretende transferir para o seu texto final. Com isso obtém melhora de sua própria capacidade de observar e aprender (apropriação instrumental). O procedimento pode ser compreendido e figurar como recurso para futura utilização. As relações com o mundo dos objetos equivale à noção de mundo interior em constante interação. É nessa dimensão que surgem as fantasias inconscientes condicionadas por processos de introjeção e projeção que podem gerar uma imagem do mundo exterior distorcida em diferentes graus. Vigotski (1996) lembra que a relação entre pensamento e palavra é um processo que funciona num contínuo de vaivém do pensamento em direção à palavra, o mesmo acontecendo no inverso. "Cada pensamento tende a relacionar alguma coisa com outra, a estabelecer uma relação entre as coisas. Cada pensamento se move, amadurece e se desenvolve, desempenha uma função, soluciona um problema."(Vigotski, 1996:108). O que é determinante é a capacidade de construir registros que funcionem no interior desses movimentos, uma vez que são fundamentais para melhorar a leitura da realidade. Situa-se, aí, o funcionamento de toda a vida emocional marcada por situações de reencontro (volta-se sempre para a imagem anterior no sentido de modificá-la). Ao observar um dado do mundo exterior, resolve-se essa ambivalência quando, por exemplo, compõe-se uma forma com o auxílio de um procedimento que englobe, pelo menos, a complementaridade entre as dimensões sonoro–sintática e de informatividade.

Criar é um processo de criar inteligência. Entre Drummond de Andrade e Modigliani há uma inteligência no sentido de que se fala de características físicas entre o corpo de um e a obra de outro. O que se está designando inteligência, neste caso, engloba, por um lado, o conhecimento do autor sobre história da arte, capacidade de efetuar recorte metonímico e construir metáforas – sobre um detalhe: pescoço, por exemplo. Significa cercar-se de materiais reveladores ao fazer com que uma pintura pudesse *revelar* uma característica na descrição de uma pessoa. O recorte metonímico ocorre no momento em que o autor é capaz de associar duas imagens de pescoço, uma já expressa na pintura de Modigliani e outra numa caricatura que ele mesmo constrói. O transporte para o texto representa a habilidade de converter essa forma e dar-lhe tratamento lingüístico. A imaginação criadora caminha por meio de um enredo que é descoberto antes mesmo da revelação da obra. Emoção é um processo que não obedece a um planejamento mas está presente a todo momento no contato com uma obra em vias de nascimento. Criar é estar consciente desse processo de criação de inteligência: ele tanto contribui para a apropriação da realidade quanto produz elementos de natureza instrumental. Observe-se a ilustração a seguir:

Introdução, Projeção, Reencontro

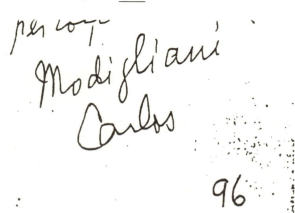

Ficha constante nos arquivos do autor

Pichón-Rivière (2000:158) entende como apropriação instrumental da realidade, a capacidade de inventar, imaginar, sentir, organizar, a ponto de obter harmonia entre mundo interno e mundo externo. O suporte físico pode ser um papel no formato de uma ficha, como no exemplo acima. Esse momento não é o da escrita, no sentido costumeiro. Ou seja, costuma-se acreditar que um texto só esteja nascendo no momento em que as frases se sucedem, no papel, de maneira linear. O que se afirma aqui, é que pode não se estar escrevendo, mas preparando formas para converter em texto posteriormente. A obra está em construção.

Faz parte desse processo que se está designando inteligente, o conceito de correção aberta no sentido de produzir evolução nas formas. Deve-se entender essa correção aberta como adoção e aceitação de soluções expressivas, insólitas e originais. Imagens pouco expressivas, à primeira vista, contêm elementos de estranheza próprios das antinomias ou analogias. Nava, como a passagem selecionada indica, conseguiu, com essa conversão de formas, demonstrar na imagem do pescoço Modigliani um procedimento útil para a leitura da realidade.

Nesse momento, o autor utiliza a habilidade de criar as soluções que lhe faltavam e aceita o fato de que o máximo que conseguia nesse ponto era construir uma forma que seria transportada após sua conversão. Visualiza o pescoço de uma pessoa, registra mentalmente essa imagem; associa essa imagem a outras que envolviam uma obra de arte (base de conhecimento de mundo externo) e dá inicio a um processo de expressão: constrói uma ligação entre pescoço (o da pessoa que pretendia descrever) e Modigliani (a obra de arte). A habilidade de utilizar essa fusão numa imagem, mais adiante dará lugar a outra habilidade, a de traduzir essa imagem para um texto verbal. Constrói-se, assim, uma competência. O que é significativo compreender é o surgimento dessa competência de realizar uma frase como conseqüência de um feixe de habilidades que lhe são precedentes. Há um engano em pensar que a competência para a construção do texto verbal surge pela frase em primeiro lugar, como já se mencionou anteriormente.

A cooperação entre sentir, pensar e agir é vinculada à dimensão estética da educação no que se refere à criação de sentidos e valores. Há que se pensar numa busca de sintonia entre nível de aspiração e sentimento de ganho. Um fator de obtenção dessa condição de harmonia é o saber preservar uma experiência para utilizá-la no futuro, o que só é possível pela criação de formas para essa finalidade (fichas, dentre outras, no caso de Nava). Tais experiências são carregadas de significação atribuída e o que simboliza e armazena são documentos. É desse modo que se pode efetuar a transposição de materiais expressos num determinado código, para outro código. Aqui, portanto, a habilidade de efetuar conversões. Há, por outro lado, situações vividas que foram armazenadas com determinada finalidade e acabam por ser utilizadas para outra, em outro momento.

Há uma atitude de preservação e uma ação de preservar; uma situação típica de reencontro. É o caso do desenho que Nava faz do pescoço Modigliani de Drummond. Cria, com isso, uma forma para registrar essa característica que via no pescoço do poeta. Pode-se inferir que essa característica física, mais tarde expressa na seqüência da página publicada, possa ter ocorrido ao autor muito antes do dia em que o desenho foi composto. O desenho, no entanto, era indispensável como recurso de composição de uma forma de registro.

Como não são utilizadas no mesmo momento em que são concebidas, as formas precisam ser registradas. A crença de que essa etapa é dispensável, constitui-se falsa crença ou contribui para acentuar o estereótipo de executar uma descrição dispondo exclusivamente de texto verbal escrito. O que se perde, portanto, é a função de apoio, também papel desse conjunto de formas preliminares. Não incorporado aos hábitos, esse procedimento tende a não ser acionado e colocar em ruína todo um processo de tarefa, tamanha a sua influência.

Então há uma memória preservada que um dia se transforma num desenho. Tal fato vai ao encontro do que afirma Duarte Jr. (1988:31): "A experiência, que ocorre a nível do 'vivido', é simbolizada e armazenada pelo homem por meio da linguagem." Embora freqüentemente utilizadas na mesma acepção, língua e linguagem se diferenciam pelo fato de esta última comportar o universo do não-verbal, do imagético, do sonoro e de outros códigos que não unicamente o da palavra falada e escrita. "A linguagem humana é polivalente e polifuncional. Exprime, verifica, descreve, transmite, argumenta, proclama, prescreve (...). Está presente em todas as operações cognitivas, comunicativas, práticas," (Morin, 1992:143). Uma vez que a constituição e a expressão do pensamento estarão ligadas a alguma forma lingüística, "o desenvolvimento do pensamento é determinado pela linguagem, isto é, pelos instrumentos lingüísticos do pensamento e pela experiência sociocultural (...)" (Vigotski, 1996:44). A experiência sociocultural só pode ser apreendida, no entanto, por um suporte mais amplo do que apenas o verbal.

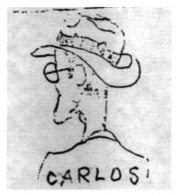

Caricatura de Drummond que Pedro Nava desenhou para utilizar como recurso de memória.

Para Nava somente foi possível pensar em Drummond na forma deste desenho, porque possuía um considerável repertório no campo da arte. Caracteriza-se o aproveitamento do que se tem armazenado. O que ocorreu foi a transferência, via experiência vivida, de um código para outro: de uma imagem de pescoço em Modigliani para a página escrita de um livro de memórias. Os campos lexical e estilístico recebem uma expansão. Modigliani não é um termo originariamente adjetivo, mas passa a funcionar dessa maneira. Essa flexibilidade de expressão é conseguida a partir da atitude de harmonizar as visões do mundo interno com as visões do mundo externo.

Uma massa caótica de estímulos pode ser retratada numa forma cuja linguagem permite perenizar, num registro, certos nexos desses estímulos, retirando-os das cadeias das quais fazem parte. Consegue-se articular a íntima relação entre linguagem e imaginação. Sob o efeito de uma conduta estereotipada, é impossível aproveitar as vantagens de estar em contato com o multifacetado e o variável; a supressão destes leva à perda de complexidade. O registro de experiências vividas somente se converte em forma de expressão, se valorizado como procedimento. Não se produz esse registro, no entanto, sem capacidade de deter o olhar (outra habilidade).

O que é armazenado mentalmente não é utilizado quando não se efetuam conexões entre experiências ainda não simbolizadas. O armazenado refere-se ao material. Neste sentido, se poderiam agregar os elementos conteúdo e forma. A partir dessa junção, encontram-se observações esclarecedoras em Bakhtin (1997:206):

> A forma não pode ser compreendida independentemente do conteúdo, mas ela não é tampouco independente da natureza do material e dos procedimentos que este condiciona. A forma depende, de um lado, do conteúdo e, do outro, das particularidades do material e da elaboração que este implica.

Em *pescoço Modigliani*, tem-se conteúdo, ao passo que a caricatura quando já desenhada incorporando esse pescoço Modigliani, produz a forma em função da particularidade. Essa particularidade pode aqui ser reconhecida se se recorda que

Modigliani produzia figuras de pescoço longo. A caricatura mostra Drummond com pescoço longo, realçando (e sobretudo *registrando*) esta característica. A capacidade de observar que gerou a anotação desse desenho pode ser atribuída à condição intelectual que Pedro Nava possuía para tal objetivo. Os elementos lingüísticos (eles não são os únicos) devem ser superados em sua formulação morfo-sintático-semântica. Ou seja, devem ser percebidos por sua capacidade de transformar-se em recurso para a criação artística. Está neste processo de transformação e no fluxo que representa no interior da linguagem verbal, a harmonia entre forma e conteúdo. A frase, no entanto, é um elo dessa cadeia; ela não é capaz de sozinha dar conta de todas essas dimensões. A frase final só é conseguida se forma e conteúdo forem capazes de abarcar a complexidade do que é expresso.

Observe-se outro exemplo. Alguém que procurasse num dicionário de Língua Portuguesa o significado de *verecondioso*, como característica atribuída a uma pessoa, neste caso, Drummond, nada encontraria, pois é um termo não pertencente ao léxico. Curiosamente, o autor deixa o rastro na ficha que preservou sob número 79, em que se vê claramente o jogo de conversão que efetuou.

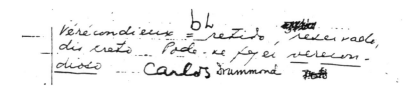

Ficha constante nos arquivos do autor

Essa forma, ao ser transportada para o texto publicado, produziu o seguinte efeito: *Era muito reservado, quase verecondioso – o que não quer dizer que deixasse de ser conversado.* (p. 171)

Dentre os documentos de processo armazenados por Pedro Nava, encontra-se um recorte de jornal contendo uma entrevista concedida por Emílio Moura ao Diário de Minas em 19.X.52. Documentos de processo englobam, conforme Salles (1998:17) todo o conjunto de materiais que servem de suporte à construção e conversão de formas. Num trecho do citado recorte de jornal, lia-se: *(...)Drummond como seria sempre: inicialmente reservado, quasi hostil as apresentações.* Esse comentário talvez tenha levado Pedro Nava a cunhar a expressão *verecondioso*. Trata-se de um termo francês *verécondieux* que significa retido, reservado, discreto. Nessa mesma ficha, o autor anota que se permitia converter a expressão para *verencondioso*, aportuguesando-a. Esta entrevista, intitulada: " Emílio Moura evoca os velhos tempos dos primeiros sucessos literários. Carlos Drummond de Andrade foi o 'leader' do movimento modernista em Minas Gerais", revelou que Pedro Nava valeu-se desse texto para compor outras fichas além da de número 79 citada anteriormente.

A citada entrevista estava arquivada junto com o boneco (esta expressão da atividade gráfica tem, na escrita de Pedro Nava, uma nítida função como etapa de conversão de formas) para descrever a passagem sobre Drummond. Na ficha que se segue na seleção aqui feita, ficha que contém o número 85, encontra-se a construção *modéstia orgulhosa*. Um adjetivo totalmente incompatível com o substantivo a que se refere, fato este observado pelo autor, mas de emprego obrigatório no texto, tendo em vista a característica que queria ressalatar: *Era muito magro mas extremamente desempenado, tinha o gauche que tornar-se-ia folclórico, um ar de orgulhosa modéstia (não sei se posso colocar juntas as duas palavras, entretanto não acho outras)* (p.171).

A ficha com o número 86: *expulso do colégio Friburgo* refere-se a uma história que é assim relatada: *Fez seu curso secundário no Colégio Anchieta, de Friburgo e em Belo Horizonte, no Colégio Arnaldo, onde foi colega de Gustavo Capanema e de Afonso Arinos de Melo Franco. Do primeiro, apesar de aluno distinto e general na hierarquia dos educandos - foi expulso, por seu espírito de rebeldia e inconformismo à seca disciplina jesuítica* (p. 172). O trecho seguinte, a ser analisado mais adiante, retoma o poema da epígrafe e faz uma descrição da casa de Carlos Drummond em Belo Horizonte nos anos 1920. Este poema está num recorte de jornal em que se observa uma anotação feita por Pedro Nava: *Essa a casa em que freqüentei o poeta.*

Na próxima ficha, a de número 167, o autor vai retratar algumas passagens comuns entre ele e Drummond: *Aquela angústia no galinheiro com o Carlos Drummond. Em mim, por incompetência poética, virava em quase dor física e nele subia e rebentava na celeuma e no (...ilegível) de sua longa poesia. Que barulho é esse na escada? Procurar outros exemplos.* ("Que barulho é esse na escada" é um verso que aparece encabeçando as estrofes do *Poema Patético* de autoria de Drummond). Mais abaixo, nessa mesma ficha, encontram-se menções à mãe de Drummond, seguidas de um desenho no formato de uma planta da casa do poeta contendo varanda e o quarto onde este dormia: *A mãe do Carlos era silêncio e presença invisível sentida naquela bandeja de café com que eu e o Alberto éramos gratificados na visita ao poeta que fazíamos à tarde.* O texto publicado assim se mostra:

> Mas estão lá o mesmo portão de serralheria, os degraus de mármore, a porta onde entrávamos com vinte anos, para conversar sobre tudo que nos vinha à cabeça, para resolver os problemas da terra, planejar

Introdução, Projeção, Reencontro

arrasamentos, redigir manifestos, delinear depredações, salvar o mundo mundo vasto mundo do poema do próprio maistre de céans. Lá é que conheci os pais do poeta. Dona Julieta, feições duma beleza angelical, cabelos apenas prateados por um ou outro fio branco, pálida, dessa mesma palidez marmórea que passou a seu filho. Lembro a sua voz baixa e suave fiscalizando a criada que ela mandava trazer o café para os amigos de visita. Vejo ainda a ordem meticulosa de sua bandeja e a grande cafeteira mineira de latão claro brunido como as pratas e luzindo como prata. E dentro, pegando fogo, um dos melhores cafés que tenho tomado (p. 172-73).

A próxima ficha é a de número 90 que fala das leituras de Drummond: *Leitura devorante e desordenada segundo Moura. Anatole, Pascal, Bergson, Quental, Rimbaud, Ibsen, Maeterlink. Tinha o faro da leitura, da descoberta, um folhear de livros e bastava.* O texto que corresponde a essas menções apresenta-se como: *O Carlos nessa época lia furiosamente. E desordenadamente. Tudo servia, como conta Emílio Moura. Anatole, Pascal, Bergson, Quental, Rimbaud, Ibsen, Maeterlink. Acrescento a esses a fase Wilde que por intermédio de Carlos veio influir durante certo período, em meus desenhos* (p. 173).

A ficha seguinte é a de número 17 e contém dizeres como : *Carlos Salomé Beardsley Prerrafaelitas (Aníbal) Desenhos da fase intensa.* Quem lê esses dizeres, nada compreende. O texto publicado esclarece:

> Aníbal tinha me apresentado a Dante Gabriel Rossetti, a Burne-Jones, aos pré-rafaelitas. Carlos ministrou-me a edição de Salomé ilustrada por Aubrey Vincent Beardsley. Eu misturei tudo em estilizações contorsivas onde não havia olhos que não fossem pupilas de gatos, torsos sinuosamente laquésés, articulações das mãos fletindo-se onde deviam se estender (p. 173).

A habilidade de deter o olhar sobre a realidade levou o autor a efetuar buscas nas informações da entrevista de Emílio Moura.

Há dados específicos tais como os contidas no trecho da entrevista que fala sobre o *faro* de Drummond para a leitura:

> Mas estávamos nas leituras do Carlos. Evidentemente na sua escolha, ele sofria um pouco da influência da roda, dum Aníbal, dum Milton, dum Abgar mas o que nele espantava era principalmente o autodidatismo que nascia dum instinto prodigioso na descoberta dos bons autores. Seu rápido gosto era certeiro nessa seleção de nomes até ontem desconhecidos. Bastava uma folheada à hora da abertura dos caixotes no Alves, a leitura duma página, dum rodapé, duma nota e o Carlos fazia sua eleição com toda segurança. Abria caminho e nos servia de indicador. O Carlos gostou. O Carlos disse (p. 174).

Na ficha seguinte, número 24, encontram-se dizeres como *analógicos - livros analógicos A. Rebours - J. K. Huysmans M. de Phocas - Jean Lorrain Dorian Gray - Osw. Wilde foram leituras de 23, 24 influindo meus desenhos (opinião de Cendrars: est-ce que vous le poudrez à la cocaine?) 2) e os ambientes outonais os repuxos, as tísicas.* Ao lado da frase de Cendrars há a expressão *usado* escrita pelo próprio autor, comprovando que a transportou para o texto publicado. A observação de Cendrars foi empregada no texto da seguinte forma: *Foram estas formas de uma magreza desvairada, num manieresco alucinado, foram esses beiços roxos, caras exangues que levaram mais tarde Blaise Cendrars a perguntar-me, depois de examinar meus desenhos.Dites- moi mon ami, Comment est-ce que vous poudrez votre feijoada? À la farine? ou bien à la cocaïne?* (p. 173-74) A seguir, aparece uma outra ficha, desta vez com número 92, contendo dizeres semelhantes aos da anterior: *meus desenhos e a opinião de Cendrars "Est-ce que vous le poudrez à la cocaïne?"* Esta segunda ficha da mesma natureza, parece funcionar como reforço da anterior.

A ficha de número 88 contém as observações: *consciência da poesia - caso comigo- minha incompreensão (E. Moura Diário de Minas 19/*

X/52). Abaixo da palavra incompreensão encontra-se *1922*. Duas menções de ano separadas em três décadas, numa ficha com poucos dizeres, aparentemente deixam dúvidas que não se solucionariam sem a leitura da página que dela resultou. O relato de Emílio Moura apresentado no Diário de Minas daquele ano de 1952 se refere a um fato acontecido em 1922. A função da ficha, neste caso, é fazer a ponte entre esses dois momentos. O texto publicado fazendo uso do conteúdo dessa ficha é precedido de menções a Carlos Drummond de Andrade e ligação com o trecho em que o autor se refere a Cendrars e sua opinião:

> Desde cedo ele começou a escrever poesia. Versos. Também pequenos poemas em prosa. No princípio esta me atraía mais que a primeira e cometi a gafe fantástica, relatada por Emílio Moura, de dizer a Drummond ele mesmo que a poesia dele era boa mas que seu forte era a prosa. Inexperiência de quem se julgava modernista e ainda não era nada. O insólito da poética drummondiana estava ainda verde para mim. Acabaria virando consciência e me invadindo como aliás a todos nós que éramos liderados por ele (p. 174).

A próxima ficha, com número 91, reforça esses dizeres, com novas informações: *liderança de Drummond - entrevista Emílio ao Diário de Minas 19.X.52. - - - Nossa grandeza é que o reconhecemos sem imitá-lo.* O texto para ser publicado resultou em: *Nossa grandeza é que reconhecíamos isso sem procurar imitá-lo. Não falo em influência. Essa existia e era parte de sua liderança. Existiu em Emílio. Em Ascânio. Existiu nas gerações seguintes e é fenômeno sensível a partir da de 45. Hoje é avassalador* (p. 174).

A despeito desse posicionamento de Pedro Nava, encontrou-se uma entrevista concedida por Drummond a Lya Cavalcante e publicada no Jornal do Brasil em 19.XI.77. intitulada: Confissões no Rádio: XV – "Uma noite surge o verso livre" em que Drummond diz que Emílio Moura atribuiu-lhe uma posição que ele não teve em relação à liderança do movimento modernista de Minas. Pedro Nava, apesar de ter armazenado essa entrevista em seus documentos de processo, não cita essa entrevista de Drummond. Pode-se deduzir que o memorialista comunga com a idéia de Emílio Moura. Embora não se tenha acesso direto ao que de fato pensava, as formas armazenadas, no caso esta entrevista, denunciam a posição do autor.

Ao ser questionado sobre o nascimento do Modernismo em Minas Gerais, Drummond responde:

> – Eu sei lá como foi? Essas coisas surgem no ar: vento de leituras, batendo em inquietações de mocidade. Ninguém convocou amigos para assumir uma atitude estética. Não houve manifesto nem reunião para lançamento de uma idéia, que de resto a princípio nem se sabia bem qual fosse. Aconteceu aos poucos. E sem comandante ou líder, ao contrário do que às vezes se diz.
> Lya continua:
> – O depoimento do Emílio Moura contradiz você. Está publicado.
> – Emílio atribuiu-me uma posição que eu não tive. Os amigos, de tão perto que estão de nós, podem atribuir-nos dimensão maior do que a real. É meio cômico reconhecer que o mais engajado no modernismo era o menos engajado de todos em qualquer sentido. Pois foi o que sucedeu.

A ficha de número 80 contém: *A poesia de Drummond no que tem de Mineiro e Universal já aparecia em Alguma Poesia. A poesia sem contradições "Entretanto foi logo pela força de seu primeiro livro que Carlos marcou seu lugar na literatura brasileira. Rodrigo Diário Carioca 2.XI.52 Vários poemas dos early twenties figuram em alguma poesia como informa Emílio (Entrevista Diário de Minas 19.X.52) Alfonsus Filho - acha-o sempre o mesmo. (Drummond é um todo) de Antônio Houaiss.*

O texto resultante foi:

Introdução, Projeção, Reencontro

O curioso na sua poesia é que ela tem uma coerência especial, marcou-se a mesma, desde seus primeiros poemas. Já nasceu mineira e universal em Alguma Poesia onde os que conheciam sua produção podem apontar versos da primeira fase da década dos vinte. Tinha razão Rodrigo Melo Franco de Andrade quando afirmou -"Entretanto foi logo pela força do seu primeiro livro que Carlos marcou seu lugar na literatura brasileira." (p. 174).

Na ficha de número 81 há uma relação apresentada em três colunas contendo adjetivos que buscam qualificar *o sentido dramático da poesia de Drummond: pungente teatral suspense cinematográfica humour sarcasmo amargura doçura sincopado seriedade lirico satirico perduravel duradoura tensão verbal hermetismo liberdade indagação diante do abismo insondavel desencanto colera epico panico chapliniana sintese medida provocante provocativa.* Na ficha há um total de 27 termos caracterizadores da poesia de Drummond. O autor emprega 24 também na forma de três colunas no texto publicado (p. 174):

Nasceram com suas produções mais remotas sua indagação diante do insondável, o sentido dramático, o suspense desta poesia

PUNGENTE	LÍRICA	ÉPICA
TEATRAL	PERDURÁVEL	PROVOCANTE
HUMOURÍSTICA	HERMÉTICA	PROVOCATIVA
SARCÁSTICA	SATÍRICA	ROVOCATÓRIA
AMARGA	LIBÉRRIMA	CHAPLINIANA
SINCOPADA	DESENCANTADA	PANTOMÍMICA
SÉRIA	COLÉRICA	ECUMÊNICA
TENSA	DURADOURA	MEDIDA

A ficha 93, com dados também retirados da citada entrevista de Emílio Moura, contém menções do tipo: *Personagens passadistas e modernistas forjados -polemicas - mistificação.* Na página em que são utilizadas, ocorre a seguinte expansão:

> Já disse atrás que é indispensável para quem queira estudar o Modernismo no nosso Estado, a consulta à coleção do Diário de Minas na fase em que ali trabalharam Drummond, Emílio e João Alphonsus. Além da transformação das Sociais e das Policiais em prosa francamente ao gosto de nossa escola literária, havia as mistificações, as burlas, as blagues que iludiam e depois deixavam prevenidos os próprios membros da roda. Criavam-se polêmicas entre supostos futuristas e passadistas inexistentes, vitórias de figurões em eleições literárias forjadas, toda sorte de blefes para embair uns aos outros e à população (p. 174-75).

Na construção de um rodapé contendo elementos biográficos de Carlos Drummond de Andrade, o autor emprega dados contidos na ficha n° 94: *Auxiliar de Campos na Secretaria Educação Capanema (1930 + -) leva Carlos para seu gabinete de Secretaria Interior. Capanema interventor interior M. Educação Interior até 1945. Nessa ocasião Sço. Patrimonio c/ Rodrigo. Chefe de Secção de História da Divisão de Estudos e Tombamento. O grande funcionário.* O texto do rodapé, na íntegra, assim se formula:

> Carlos Drummond de Andrade voltaria a Belo Horizonte em 1926. Não chegou a exercer sua profissão. Foi professor pouco tempo em Itabira. Tem quase meio século de vida de jornal. Foi auxiliar de Mario Casassanta na Secretaria de Educação de Minas Gerais. Auxiliar e chefe de Gabinete de Gustavo Capanema na Secretaria do Interior na Interventoria Federal no Estado de Minas Gerais e no Ministério da Educação até 1945. Nessa ocasião Rodrigo Melo Franco de Andrade leva-o para Chefe da Secção de História da Divisão de Estudos e Tombamento do DPHAN. Tem publicados dez volumes de prosa e dezoito de poesia que estão na Obra Completa, Rio, Aguilar, 2ª edição, 1967, e na Poesia Completa e Prosa, Rio, Aguilar, 1973. É o maior poeta vivo da língua portuguesa (p. 175).

Quando se consegue encontrar o instrumento de apreensão do objeto do conhecimento, organiza-se um conjunto de relações com as quais é possível abandonar o âmbito estritamente individual e ganhar a dimensão social. Um texto publicado representa o atingimento dessa dimensão social. Passam a conviver os mundos interno e externo de quem publica e de quem lê; o que condiciona, por meio de introjeções e projeções, o aparecimento e o banimento de visões divergentes do mundo exterior, em diferentes graus. Essa percepção é marcada por situações de reencontro, fator que rege toda a vida emocional de um indivíduo. Sem a construção de registros, os momentos de reencontro com os significados de situações vividas são perdidos ou têm sua abrangência reduzida. A presença desses registros provoca o contato com modelos, pautas ou esquemas referenciais que influenciam diretamente no processo de aprendizagem ou leitura da realidade. Lembra Morin (2000:136) que " o pensamento complexo deverá levar a marca da desordem e da desintegração, relativizar a ordem e a desordem, nuclear o conceito de organização, operar uma reorganização profunda dos princípios que comandam a inteligibilidade."

Seja um recorte de jornal, uma caricatura, uma entrevista, uma simples anotação, tudo pode funcionar como suporte para a construção de linguagens que mais adiante produzirão suficiente inteligibilidade para o manejo de recursos lingüísticos. Embora haja pessoas que possuam competência para uma escrita de "primeiro jato", a crença de que esse manejo produz resultados logo de início, deve ser substituída pela convicção de que há uma inteligência no interior do processo que precisa ser registrada e conhecida. Daí seu caráter cognitivo. A construção textual é dependente dessa atitude, uma vez que somente o plano lingüístico, apesar de sua riqueza, não dá conta, de imediato, da multiplicidade dos elementos em confronto e do raciocínio complexo. O ideal é que o lingüístico seja convidado a expressar elementos reunidos, como se pôde constatar nesta análise, nas mais variadas modalidades de suporte.

Vetores da Descoberta

Toda aprendizagem é uma aprendizagem social e uma aprendizagem de papéis. Os recursos instrumentais vão dando lugar a uma apropriação da realidade para modificá-la. A função dos recursos instrumentais é abordar o complexo. O objeto converte-se, para seu descobridor, de coisa em si para coisa para si, e a partir desse ponto se pode trabalhar com ele e converter-lhe as formas. Esse processo de apropriação instrumental da realidade permite internalizar funções que se configuram nos variados papéis em situação.

Pesquisando os documentos de processo, encontramos, entre os arquivos, um diagrama feito por Pedro Nava da convivência do Grupo do Estrela (constituído de seus companheiros na época da juventude). Essa forma foi composta a partir dos questionários que o autor encaminhou a seus contemporâneos. É perfeitamente claro que está, nesses documentos o embasamento para a confecção do diagrama.

Pedro Nava faz uma distribuição gráfica da convivência do Grupo em Belo Horizonte entre os anos de 1915 a 1930 englobando vinte contemporâneos: Alberto Campos; Aníbal; Ascanio Lopes; Carlos; F.M.Almeida; Gabriel; Dario; Emílio; Ciro Anjos; Capanema; João Alphonsus; João Guimarães; Austen Amaro; João Pinheiro; Mário Campo; Abgar; Milton; Pedro Nava; Heitor Souza; Luis Camilo.

Há uma preocupação do autor em posicionar essa possível convivência entre os anos de 1921 e 1926, conforme se visualiza no diagrama.

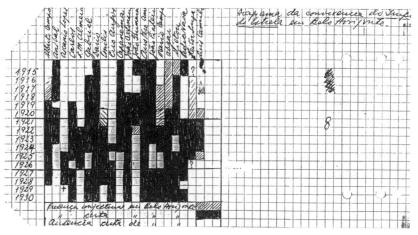

Exemplar do diagrama construído para orientar as referências a respeito do convívio entre contemporâneos. Esse procedimento auxilia no sentido de evitar incoerências. O autor distribui a escala de anos na vertical e os nomes na horizontal para efetuar o cruzamento informativo que desejava: 1) presença conjectural em Belo Horizonte (espaço hachurado); 2) presença certa em Belo Horizonte (espaço sombreado); 3) ausência certa em Belo Horizonte (espaço em branco)

Para citar certos nomes em determinadas passagens do livro Beira-Mar, possivelmente o diagrama fosse consultado para o apoio visual necessário para confronto da convivência. No texto sobre Drummond, aparecem citados 19 dos vinte nomes constantes do diagrama. O autor omite o nome de Austen Amaro, um dos poucos, segundo o diagrama, com presença certa em Belo Horizonte de 1915 a 1930. Um desafio que se apresentava era descobrir a razão dessa omissão. Uma busca direta nos questionários revelou que Austen Amaro, ao responder seu próprio questionário, indicou que dos 24 nomes consultados, só foi conhecer 9 deles, da década de 30 em diante. Eis o que pode justificar a omissão.

Não constam do diagrama, mas são citados pelo autor como componentes do Grupo do Estrela os nomes de : Mario Casassanta, Hamilton de Paula e Pedro Aleixo. Dessa forma, o Grupo do Estrela era composto, segundo Pedro Nava, por 22 pessoas: Alberto Campos, Emílio Moura, Milton Campos, Carlos Drummond de Andrade, Abgar Renault, Mário Casassanta, Aníbal Machado, Francisco Martins de Almeida, Alphonsus de Guimaraens, Hamilton de Paula, Pedro Aleixo, Mário Alvares da Silva Campos, Gustavo Capanema Filho, João Guimarães Alves, Heitor Augusto de Souza, Gabriel de Rezende Passo, João Pinheiro Filho, Pedro Nava, Dario de Almeida Magalhães, Cyro dos Anjos (nos documentos de processo se encontra a grafia do nome com *y*; no texto do livro publicado o nome aparece Ciro), Luis Camilo, Ascanio Lopes Quatorze Voltas.

O questionário de Ascânio Lopes, preenchido por Alphonsus de Guimarães Filho, indica que Quatorzevoltas é um só nome, reforçado pela união Quatorze Voltas e reiterado por uma observação entre parênteses (Quatorzevoltas). Pedro Nava opta por grafar o nome do amigo dividido em duas unidades. No questionário elaborado para compor o quarto volume de memórias de Pedro Nava, encaminhado aos contemporâneos, constam 24 nomes para pesquisa. Vinte e um que compõem o Grupo do Estrela, exceto o nome de Pedro Nava, mais os seguintes: Guilhermino César, Henrique de Resende, Austen Amaro de Moura Drummond.

Dos 22 componentes do Grupo do Estrela, 7 não têm seus questionários arquivados. Pode-se deduzir que, ou se perderam ou não foram respondidos. São eles, Aníbal Machado, Mário Casassanta, Hamilton de Paula, Pedro Aleixo, Luis Camilo, Heitor Augusto de Souza e Pedro Nava, que, obviamente não faria seu próprio questionário.

Pedro Nava e a Construção do Texto

A leitura da entrevista de Emílio Moura e o fragmento da matéria de Drummond podem levar também à dedução de que Pedro Nava teria se valido desses dados para compor a relação de participantes do Grupo do Estrela. Note-se que o livro estava sendo escrito em 1977, sobre fatos que precisariam ser recuperados de até 55 anos antes. Como essas matérias citadas eram datadas de 1952, sua validade não seria tão questionável: as pessoas estavam falando e rememorando coisas mais próximas no tempo e suas recordações estariam mais vivas.

Emílio Moura, em sua entrevista, cita 16 nomes como componentes da roda literária. Incluído seu próprio nome, somam-se 17. Desse total, 14 constam no texto de Pedro Nava, como componentes do Grupo do Estrela. Não são considerados os seguintes nomes: Rodrigo Mello Franco de Andrade, Afonso Arinos de Mello Franco e Guilhermino César.

Carlos Drummond de Andrade, no artigo citado, enumera, até onde o artigo foi recuperado por Pedro Nava, 12 nomes que, com a inclusão de seu próprio nome, somam-se 13. Desses, 2 não foram considerados por Pedro Nava como componentes do Grupo do Estrela: Roberto Pimentel e Da Costa e Silva.

Os nomes a seguir, não aparecem, nem na entrevista de Emílio Moura, nem no artigo de Carlos Drummond de Andrade: Hamilton de Paula, Pedro Aleixo, Mário Alvares da Silva Campos, Heitor Augusto de Souza, João Pinheiro Filho,. Dario Almeida Magalhães e Luis Camilo. Carlos Drummond de Andrade, no entanto, ao responder ao seu questionário, demonstra lembrar-se de todos quando indica as datas aproximadas dos anos em que se conheceram, exceto quanto a Hamilton de Paula, em que coloca o sinal (?). Isso leva a concluir que mesmo se esforçando não se lembrava de quando o havia conhecido.

Em sua intenção de produzir o relato de convívio acima descrito, o autor teve necessidade de organizar uma semiose do possível. Ou seja, pareciam estar nítidas em sua memória as relações interpessoais que desejava trazer para seu texto memorialístico. Eis uma manifestação do que se menciona como papel em situação. O autor escrevia sobre fatos ocorridos havia, pelo menos, 50 anos: era uma situação em que o papel de amigo ou colega tornara-se diferenciado. O papel de companheiro de uma época de convívio agora dá lugar a um papel de memorialista o que cobra, no mínimo, coerência. O fato de as lembranças poderem ser traídas na memória requeria algum tipo de solução. O mesmo acontecia quanto ao espaço físico-temporal dessa convivência. A semiose do possível preenche essa lacuna no raciocínio de modo diagramático. Jakobson (1999:105) realiza um estudo do diagrama e o situa nas concepções da semiótica peirceana. Lembra a definição do filósofo para quem um diagrama é "um representamen que é, de maneira predominante, um ícone de relação, e que convenções ajudam a desempenhar esse papel."

Se por um lado, algo permanecia vivo na memória, por outro, havia algo que demandava recuperação e resgate. O diagrama é construído e, por sua característica icônica supre essa carência. Lembra Jakobson (1999: 105) que "num diagrama (...) o significante apresenta com o significado uma analogia icônica no que concerne às relações entre suas partes." Nava consegue relacionar a parte nítida de seu pensamento àquela que não lhe dava segurança.

Os *traços relacionais* no diagrama do memorialista eram preenchidos por espaços hachurados, em preto e em espaço vazio, representando respectivamente as presenças conjectural e certa e ausência certa (dos contemporâneos em Belo Horizonte na faixa de tempo estabelecida). Trata-se da função das legendas de gráficos, como no caso de linhas pontilhadas para representar uma categoria de dados e linha cheia para outra, ambas aparecendo no mesmo gráfico.

As categorias representadas pelos traços relacionais compuseram uma classificação que só se tornou possível a partir das respostas ao questionário enviado aos contemporâneos e em razão de um índice satisfatório de retorno. O dado relacional mais importante era a presença conjectural, a presença ou a ausência certa em Belo Horizonte naquela faixa de tempo. O controle desse conjunto de variáveis deu existência à parte que já não estava tão viva na memória. Daí não ser possível prescindir da analogia icônica própria do diagrama, sob pena de perder-se no relato em virtude de as citadas variáveis eventualmente se confundirem.

Diante desse desafio, um ícone de relações inteligíveis oferece suplência. Numa situação prática da vida cotidiana em que se está diante da necessidade de construir uma mensagem escrita, isso pode significar a condição de domínio parcial do que se vai expressar. Deve-se pensar que a solução oferecida pelo diagrama, conforme aqui ilustrado, está no fato de que este acaba por constituir-se numa analogia icônica acompanhada de uma definição de traços relacionais.

Para todos os componentes do Grupo do Estrela mencionados, foi enviado um questionário com o objetivo de levantar dados pessoais (data de nascimento, casamento, locais de estudo etc.) e o que é mais importante, uma relação contendo nomes de contemporâneos em que o autor solicita o ano em que o respondente conheceu cada uma daquelas pessoas. O autor lembrava, num trecho do questionário, para evitar que houvesse espaços em branco por desejo de precisão do respondente, que este indicasse aproximadamente com o sinal + ou − .

O autor menciona, no mesmo questionário, seu objetivo ao solicitá-lo preenchido: *servir ao 4º volume de minhas memórias, em preparo.* Foi também utilizado na composição dessa passagem um recorte do jornal *Correio da Manhã* de 28/6/1952 que traz um artigo incompleto (conforme observa o autor) de Carlos Drummond de Andrade, intitulado *Aqueles rapazes de Belo Horizonte.*

É curioso que no verso dessa mesma página do boneco, há um trecho do autor que não aparece na seqüência em estudo, cujo teor é: *Os caprichos da narrativa de meus estudos e da formação do grupo do Estrela me levaram até albores de 1924 - e às vezes a mais.* O autor vai dividindo suas observações em pequenos blocos em que busca abarcar uma unidade de pensamento completa:

> A memória para contar um baralho de cartas a única coisa a fazer é arrumá-los por naipes e estes por ordem crescente do 2 ao ás - Nem sempre se obedece - para explicar uma dama de copas é preciso entender o cinco, o seis, o valete, o rei, o ás.
>
> O relato de memórias não é o de estória única mas de varias e para contar as minhas, tenho de separar os naipes de paus de meus estudos, os de espadas de minha formação médica, os de ouros de minha convivência literária e os de corações do movimento modernista.
>
> Assim não posso ficar num relato seguido. Tenho de subir e descer níveis de comportas que fazem meus navios subir rios e descê-los indo ao fazendo metas, ao passado e ir ao futuro um presente erradio que oscila entre essas trevas.
>
> Como viajante da imagem euclidiana viajando a montanha tenho de olhar para trás e dessa crista da alvorada de 24 tenho às vezes de devassar futuros ou voltar atrás -
>
> 1922 morte Álvaro de Barros
>   "   Ezequiel
> 1923 segundo ano mencionado
> 1924 adiantei - esplancnologia
>   exames - anatomia- viagem Carleto EEUU   Persombra
> 1925 anat. Patologica

Pedro Nava e a Construção do Texto

Adianto D. de Minas
Mas tenho de voltar atrás para buscar mais aguas preparatorias para esse 24 importantíssimo.

Numa passagem subseqüente ao trecho em que o autor fala de Drummond, as digressões anteriores aparecem registradas em forma de texto, justificando o posicionamento de Pedro Nava no que respeita à composição de sua narrativa:

> Os caprichos de minha narrativa, certas analogias, algumas associações, muita estória puxa estória vieram me trazendo até aos albores de 1924 antes que eu desse por findo tudo o que teria de dizer sobre 1922 e 1923. Tinha de ser assim, para narrar meus estudos e a formação do Grupo do Estrela. Para fazer um relato absolutamente cronológico teria de cair no que tenho evitado, que é o diário. Prefiro deixar a memória vogar, ir, vir, parar, voltar. Para contar um baralho de cartas a única coisa a fazer seria arrumá-lo diante do interlocutor, naipe por naipe e destes, colocar a seriação que vai do dois ao ás, ao curinga. Mas para explicar um jogo, um simples basto, para dizer duma dama é preciso falar no cinco, no seis, no valete, no rei; é necessário mostrar a barafunda das cartas e depois como elas vão saindo ao acaso e organizando-se em pares, trincas, seqüências. Assim os fatos da memória. Para apresentá-los, cumpre dar sua raiz no passado, sua projeção no futuro. Seu desenrolar não é o de estória única mas o de várias e é por isto que vim separando os paus de meus estudos, as espadas de minha formação médica, os ouros de minhas convivências literárias e os corações do Movimento Modernista em Minas. É assim que não posso ser rigidamente seriado. Tenho de subir e descer níveis navegáveis de comporta em comporta – passado abaixo, futuro acima – sempre dentro de um presente passageiro, provisório, erradio e fugitivo. Meu barco sobe e desce, adianta e recua num círculo luminoso cercado de trevas. Como o viajante da imagem euclidiana vingando a montanha, tenho de olhar para o que vem e para o que foi. Dessa crista do início de 1924 tive de devassar futuros e voltar atrás. Assim andamos em 1922 com as sombras de Álvaro de Barros e Ezequiel Dias. Mencionei meu segundo ano repetido em 1923. Adiantei os estudos de Esplancnologia e de Patológica de 1924, os de Anatomia Topográfica de 1925. Cheguei com minha roda até ao Diário de Minas mas agora tenho de recuar, buscar mais águas que expliquem bem a seqüência desse 1924 que foi dos anos mais importantes para 'aqueles rapazes de Belo Horizonte'. (p. 176)

Em seguida, o autor passa para a terceira fase de sua escritura que é a elaboração dos originais. Vale lembrar que a primeira fase engloba levantamento de dados e seu registro em fichas e a segunda fase a construção da súmula, ou seja, do boneco. É importante notar esse processo do ponto de vista de conversão de formas. Adotava um procedimento particular: escrevia numa folha de papel almaço sem pauta dobrada, para caber no carro da máquina de escrever, datilografando do lado esquerdo, deixando o lado direito para correções e acréscimos. As correções eram feitas, algumas vezes com uma caneta, suprimindo palavras, termos e mesmo frases inteiras; outras vezes, imprimindo em seqüência o tipo $$$$$ para eliminar o trecho, numa espécie de *apagar* quando ainda estava com o texto no carro da máquina de escrever. As supressões feitas à caneta eram provavelmente posteriores. A datilografia era feita em espaço duplo para permitir acréscimos de palavras ou frases inteiras, o que era feito com a inclusão de uma chave no sentido horizontal.

Os acréscimos mais substanciais eram feitos através de *balões* posicionados no espaço propositalmente deixado à direita. Um trecho significativo a demonstrar parte desse procedimento está na página em que o autor efetua diversas alterações para obter diferentes maneiras de registrar o termo *casa*. Para descrever a casa de Drummond, usa *casa, edificação, prédio* (esta última palavra é aposta a uma correção em que anteriormente aparecia a expressão *casa*) O mesmo acontece mais adiante, quando também se percebe uma correção sobre nova menção da palavra *casa*, substituída por *domicílio*. A mesma coisa ocorre duas linhas abaixo, de novo com a palavra *casa* sendo substituída por *imóvel*. Ao voltar a mencionar a casa de Drummond para dar continuidade a seu relato, o autor emprega o termo *edifício*, que se percebe estar escrito sobre uma correção (impossível de decifrar). Resultam, pelo menos seis diferentes formas para o termo *casa* empregadas em seqüência. Para essa descrição, encontrou-se uma ficha sem numeração, misturada entre os documentos de processo, que registrava sinônimos para *casa*: Casa; Predio; Construção; Habitação; Moradia; Imovel; Edificio; Domicilio; Residencia; Lares; Penates.

No livro, a página 172 que contém a descrição, assim está composta (observar o aproveitamento do poema A Casa sem Raiz, utilizado na epígrafe já mencionada):

> Esta a casa que freqüentei só, com Alberto Campos, com Emílio Moura, para visitar o poeta. Era uma simpática edificação, defronte à Igreja da Floresta, pintada de óleo verde, com entrada central, escada de degraus de mármore dando no "diminuto alpendre"cujas paredes ostentavam, como era moda em Minas, afrescos (o do pescador que ornava o prédio do Carlos, foi-se, conforme verifiquei em romaria de saudade feita com Ângelo Osvaldo a 16 de dezembro de 1976). Esse alpendre dava para as portas de serventia do domicílio e à direita, para a do quarto independente habitado pelo poeta. Em cima deste quarto, telhado de duas águas fazendo chalé, simétrico ao do lado oposto do imóvel. Os dois, ligados pela cobertura da parte central. Tudo isto desapareceu sendo substituído pela desgraciosa lage de concreto que deu ao edifício que era gentil, aspecto de caixote.

Como se pôde observar, a construção de diagramas é um recurso instrumental cuja vantagem é conferir a necessária materialidade a um pensamento, idéia ou percepção. Trata-se de tirá-los de seu estado fugidio inicial e preparar-lhes as formas para sucessivas conversões. Seja no diagrama sobre o Grupo do Estrela com datas e nomes em colunas e linhas ou uma listagem de expressões sinônimas da palavra casa, Pedro Nava oferece sólidas evidências da eficácia desse procedimento.

Todos são Criadores

Toda obra é a representação e fruto do reencontro de um momento da vida cotidiana do criador, qualquer que seja seu objeto. Aprendizagem e criação se unem como processo de reencontro e redescoberta. O contato com qualquer um desses dois momentos pode tanto ser gratificante quanto angustiante. Daí configurar-se um sistema em que se produz o interjogo entre linguagem, comunicação, símbolos – de um lado, e de outro, pessoas, papéis, encontro.

A habilidade de efetuar registros e depois transmutá-los para outras formas está presente, também, na construção de recursos de memória. Obtém-se a vantagem de materializar escolhas, preferências, direcionamentos como documentos para futura utilização. No arquivo em análise, havia uma entrevista de Emílio Moura dizendo considerar que Drummond havia sido o líder do Movimento Modernista em Minas Gerais. Contida no mesmo arquivo se acha uma entrevista concedida a Lya Cavalcanti onde o poeta nega esse papel. Pedro Nava escolhe a primeira, provavelmente porque comungava com a idéia de Emílio Moura. Ele se permite, neste caso, ignorar o desmentido do próprio homenageado. É uma situação em que não se tem acesso direto ao que pensa o autor, apenas à *pista* construída pelos documentos.

O arquivo deu acesso a elementos que deveriam ser vistos

na *relação de cada índice com o todo*. Salles (1998:20) menciona que pode ser "uma rasura com as outras; rascunhos com anotações e diários; rasuras, rascunhos, anotações e diários com a obra." A complexidade de relações no interior de um objeto aparentemente fragmentário está à espera de um movimento que busque dar-lhe alguma forma de unidade.

    Ao criar, passa-se a exercer a capacidade de compor. Utiliza-se, para isso, os meios de que se dispõe, quer a memória, quer buscando elementos armazenados ou pesquisando dados que possam preencher a a necessidade imediata. Construir de forma criativa significa combinar aquilo que se conhece com elementos originados de outras áreas de experiência. São idéias inertes que passam a ser ativadas. Não se trata, simplesmente, de juntá-las àquelas que já se possui, mas de buscar padrões novos e originais. Trabalhar dessa forma permite que uma idéia possa tocar um número maior de pontos da experiência do criador, em vez de restringir-se à forma original. As idéias, nesse caso, passam a interagir com toda uma ampla faixa de pensamentos e sentimentos. Há maior fecundidade na vida intelectual e emocional. "Um ato ou uma idéia é criador não apenas por ser novo, mas também porque consegue algo adequado a uma dada situação." (Kneller, 1999: 18)

    Um exemplo claro de composição criativa encontra-se em Pedro Nava quando o autor faz um levantamento dos diferentes matizes da cor vermelha. Da mesma forma como consegue penetrar nas malhas íntimas do código quando efetua o levantamento de sinônimos para a palavra casa, produz efeitos de expressão ao tratar dos tons de vermelho com que posteriormente descreve os crepúsculos de Belo Horizonte. Para Genouvrier e Peytard (1974 :382), ao dar corpo às palavras, a escrita materializa a língua. "A resistência não é mais de ordem psicológica senão lingüística. Aí estão restrições léxicas, semânticas, sintáticas que é preciso burlar para utilizar, que é preciso reconhecer para dominar."

Não se diria, talvez, burlar, no caso por exemplo, de fichas preparadas por Nava para descrever os crepúsculos de Belo Horizonte. Ele estabelece, para a cor vermelha (ficha 811), um considerável conjunto de expressões e equivalências: *vermelho, rubro, carmim, escarlate, carmezim, fulvo, ruivo, aleonado (fauve), magenta, nacarado, purpura, vinhoso, garance, nacar, ruivo, zarcão, rubicundo, goles, solferino, encarnado.*

O autor, na seqüência dessa mesma ficha, vai buscar nomes de substâncias químicas e físicas portadoras dessa cor e de suas tonalidades: *alizarina (lyrio vermelho), rosanilina, eosina, tornassol vermelho, laca, anemona carmezim, passaro de fogo, fogo, lagosta, crista de galo, a luz de Marte – milmartes, papoulas polipapoulas, rosa peonia, ocre vermelho, hematita (minerio), colcotar (peroxido de ferro), ferrugem, rosalgar (sulfureto de arsenico).*

A ficha seguinte começa com a expressão *por extensão* indicando que o autor utiliza as listas anteriores para construir determinadas imagens: *sangue, vinho, guelras, fauces, inferno, lava, vulcão, carne, sangue, canto de galo, clarim, toque de clarim, grito de raiva, cólera, colérico, bancos de coral.* As seqüências examinadas sugerem que os termos têm variadas origens e convergem para um mesmo ponto: a busca de uma expressão mais variada para a cor vermelha e suas tonalidades. Sem essa etapa, é impossível almejar a riqueza de seleção lexical e buscar precisão sintático-sonora. Ou seja, as listas são colocadas em prontidão para uso. Quando se fala, portanto, em restrições a serem burladas, o que se está propriamente dizendo é que tais restrições bloqueariam a possibilidade de construção de um texto ou passagem de texto. Só é possível reconhecer o que se consegue reunir, neste caso, listar. Dominar é, portanto, conseqüência de saber reunir dados da realidade em forma de palavras.

Materialidade da linguagem significa traduzir em palavras (que existem, mas que ainda podem estar fora do alcance). Pensar em guelra, por exemplo, para indicar algo ligado a vermelho é uma ilustração típica desse procedimento. O princípio da adequação é a analogia, esta sim a capacidade que de fato se expande. O curioso é que trata-se de uma expansão que não ocorre sozinha; ela leva consigo a da linguagem e as duas atingem, simultaneamente, um ponto mais elevado. Não se expande propriamente vocabulário (isso se faria ao decorar um dicionário), mas um conjunto de imagens que precisarão de palavras para compor sua materialização.

O autor vai desde a química, ao reino vegetal, à fauna e flora marítimas, passando pelos estrangeirismos e pela heráldica, transitando pelos acidentes geográficos, pelas expressões figurativas: por que um canto de galo seria necessariamente vermelho? Seria por cantar nas primeiras horas da manhã que o próprio autor também associa a vermelho (nascer do sol)? Seria pela abertura de bico (feita por completo) expondo uma imagem de sua língua vermelha que se mistura com a crista e as barbelas vermelhas? Seria por associação ao esforço excessivo necessário à produção do som estridente típico do canto do galo? Talvez a resposta seja irrelevante, o que de fato importa é que todas as idéias remetem a uma idéia comum, o vermelho. Eis um exemplo de expansão analógica produzindo expansão sintática e lexical.

O código é passivo e sua complexidade é dominada quando se penetra nele. O autor produziu listas, o que pode significar que empenhou-se no interior do código. As armadilhas e ciladas foram sendo desarmadas. A partir do momento em que se consegue revestir de palavras as analogias encontradas, consegue-se um nível superior de expressão, desbloqueio, expansão, autoconfiança. Impossível obter tantas imagens sem observação da realidade. São apropriadas a esse propósito, as observações de Duarte Jr (1988:32): "(...)ninguém adquire novos conceitos se estes não se referirem a suas experiências de vida."

Ao compor uma lista com diversas possibilidades de referir-se ao vermelho, as palavras surgem apoiadas em imagens. São essas imagens que conectadas às palavras permitem que o movimento do pensamento, ao progredir, seja revestido de formas de expressão. O movimento do pensamento possui certa independência. O sujeito estabelece pontos de contato com uma ordem de objetos diversa daquela sobre a qual estará escrevendo. Para Morin e Le Moigne (2000), conhecimentos disjuntos, partidos, compartimentados impedem que se visualizem conjuntos complexos, inter-relações e retroações entre as partes e o todo, entidades multidimensionais. Um processo fragmentado de ensino contribui para essa visão parcial nociva. O procedimento de construir uma súmula (boneco) ou diagramas a partir de informações levantadas permite que se possa visualizar conjuntos sem perda de contato com a complexidade.

Genouvrier e Peytard (1974:384) perguntam: "O que é o movimento do pensamento fora do movimento da língua?" Pode-se responder: o manejo de formas na linguagem. Tanto idéia quanto palavra são únicas no caso do vermelho aqui focalizado. É esse vermelho que irá remeter a canto de galo, papoula, fogo, vulcão, lava, toque de clarim, etc. Ou seja, uma palavra (vermelho) possibilitando outras palavras, dessa vez não só palavras, mas imagens. Esse processo enriquece o movimento do pensamento, compondo uma etapa que se deve ultrapassar em toda sua extensão, de provisionamento deste gênero de recurso.

Uma imagem, uma idéia, uma percepção não têm hora fixa para acontecer. Sabe-se que Pedro Nava, se estivesse numa mesa de restaurante e se deparasse com uma combinação de palavras para ele desconhecida, não hesitava em anotar a descoberta mesmo que em um guardanapo de papel. Não significava esse gesto, necessariamente, que haveria um uso imediato para aquela descoberta. O autor sabia que oportunamente essa anotação lhe seria útil. Caracteriza-se o provisionamento cujo princípio é o da antecipação. Provisionamento é um processo sem duração prevista, só tem começo...Não há um texto imediato, há textos em gestação.

Quanto maior o conjunto de registros produzidos, maior será o apoio na organização e na variedade de seleção das formas que serão levadas à composição do texto escrito. No provisionamento de registros, o universo das coisas antecede ao universo da linguagem e esta resultará de múltiplas transformações. Ou seja, não se pode falar de formulações que se tornem suficientes de imediato. Os ajustes que irão sofrer serão apoiados pelo provisionamento e não necessariamente por puros procedimentos sintáticos isolados. Esse método de trabalho é da natureza do colecionar, do armazenamento. A produção final é da natureza da disseminação. As fichas e demais formas de registro são o suporte do provisionamento e por esse motivo devem receber atenção maior do que de costume.

A eleição de um determinado assunto ou problema para estudar, depende da habilidade e da persistência no provisionamento. O provisionamento é uma atitude pessoal. A ausência de uma determinada evidência pode comprometer um tratamento médico, ao passo que uma coleção delas pode determinar uma direção a seguir em função da revelação produzida por um único documento.

Sem compreender o que significa provisionamento e o papel cujo exercício pressupõe, pode haver bloqueios que seriam evitáveis caso essa compreensão existisse. Provisionar é uma atitude de sair à procura, recolher, juntar. Para tanto, o primeiro ponto importante é ser receptivo e apressar-se a registrar uma idéia ou imagem para que não se percam. Sem essa atitude de observador, muitas idéias que no momento em que apareceram não apresentavam grande potencial de emprego, num momento posterior se mostram como material extremamente oportuno. Quando Pedro Nava encontrou entre seus pertences um recorte de jornal de 1952 contendo a entrevista de Emílio Moura, pôde utilizar seu conteúdo. Cabe perguntar: Teria Pedro Nava imaginado que iria algum dia utilizar esse recorte para a escrita de um livro? Se o fez, tinha idéia exata de como. Talvez não seja exato imaginar que sim ou que não, mas a verdade é que guardou, ou seja, *provisionou*.

A esse respeito, encontram-se nas observações de Morin pontos de reflexão direta. Afirma o autor que em face de um círculo vicioso de intersolidariedade para o qual a atenção deve ser despertada, é necessário distinguir entre o científico, o técnico, o sociológico e o político. O principal é não dissociar nenhuma dessas dimensões. "E há sempre a cegueira, a incapacidade de ver a conexão onde existe a conexão, a incapacidade de olhar-se a si próprio." (Morin, 2000, p. 34)

A linguagem de Nava cumpre a finalidade de ilustrar as proposições deste estudo, tanto pela plena adoção dos procedimentos como pelo fato de indicar que ele efetuava conexões, ou que propriamente via conexões onde havia conexões. As conexões entre vermelho e canto de galo, ampliadas com as idéias de toque de clarim, grito de raiva, bancos de coral, dentre outras, são o exemplo mais característico. Aqui o provisionamento foi fundamental uma vez que quando de seu aparecimento, uma conexão pode se perder se não tiver sido devidamente registrada. Quebra-se aqui, inevitavelmente, o estereótipo de pensar que um texto nasce pronto, tendo como única origem uma inspiração. Prova-se que uma longa etapa de registros, o que aqui se está designando como provisionamento, é chave no processo e pode representar uma habilidade a desenvolver.

Numa outra passagem, a linguagem médica (formação do autor) é adaptada ao uso literário quando afirma que o vinho é *gratificante como hemorragia às avessas*. (p.128). São duas situações que contêm elementos de similaridade. A simetria que uma condição desse tipo produz, nem sempre é notada. Por esse motivo elementos que podem figurar juntos têm potencial de produzir valiosos efeitos comunicacionais. Os elementos de semelhança funcionam como valor expressivo da mesma idéia. As mesmas conexões são produzidas em outras partes do livro. Numa delas, o corpo humano é descrito por meio de associações a elementos de arquitetura. Pelo fato de exercer a profissão de médico, conseguia ver correlação e ressaltava que certas partes da estrutura óssea de uma pessoa têm função de sustentação do corpo. São materiais diferentes (estrutura óssea no corpo humano e estrutura de vigas numa construção), porém com os mesmos elementos a produzir simetria. Em Beira-Mar, nas páginas 356-57, encontra-se o seguinte trecho:

Todos são Criadores

Desde essa época quantas vezes uma radiografia não me desvia e suas formas exorbitam do puro interesse clínico para sugerirem módulos plásticos que só encontram símile nas obras-primas da escultura e da arquitetura. Ah! fabulosa fábrica do esqueleto. Sobre o esteio dos fêmures a sustentação da bacia barroca, a haste vertebral levantando o tórax gótico e mais alto, o crânio românico. Superposição de estilos como na Catedral de Milão. A beleza morfológica da caveira nas suturas simétricas, nas marcas homólogas dos vasos pares, desenho dos seios frontais como o de um folha de carvalho. Os dentes reproduzindo em positivo os ocos negativos de entre as pilastras desenhados em São Pedro pela colunata de Bernini. E tudo se resolvendo em suspensões e agüentamentos e ogivas, arcobotantes, arquitraves, zimbórios e volutas...Felizes os médicos que podem temperar a tristeza sem fim de nossa profissão com esse bálsamo de sugestão estética.

Uma situação de caos aparente deixa de assim parecer a partir do momento em que se consegue desvendar as leis que o regem. A associação de elementos, a princípio díspares e contraditórios, entram em tensão móbil na organização de uma página dependendo da forma como se conduzem as idéias.

Não é preciso conhecer *um pouco de tudo ou de tudo um pouco*. É preciso saber alargar os limites daquilo que se conhece. Todos têm algum conhecimento ou, bem simplesmente, alguma noção de arquitetura, cinema, história, geografia, botânica etc. Ao defrontar-se com uma figura humana marcante, por que não buscar entre personagens da história, algum que apresente perfil semelhante e, a partir daí, descobrir outros pontos de contato? Aqui vale lembrar que se deve agir com a habilidade de estar aberto e receptivo, que são as atitudes do provisionamento. Uma descoberta gera novas descobertas ou abre espaços para outras. Não há limites para o conhecimento e para as descobertas. Há necessidade de se agruparem os conhecimentos, as experiências e, assim tirar deles o máximo proveito. Morin e Le Moigne (2000) lembram que não basta conhecer o todo, mas que é preciso mobilizar o todo; é indispensável articular e organizar as informações.

Quanto maior a capacidade de agrupamento – não só daquilo que se tem internalizado, mas também daquilo que se pode buscar para atender ao objetivo pretendido – maior a possibilidade de se estabelecerem pontos de contato para buscar soluções de linguagem.

Os conhecimentos devem estar interligados e devem ser aproveitados. Quando estes não estão à mão, devem ser buscados para seu aproveitamento. A pesquisa em Pedro Nava mostra bem essa preocupação. Um médico percebe variados matizes da cor vermelha num crepúsculo. Talvez o *sangue* fosse a única tonalidade a ser lembrada, uma vez que está inserida na sua realidade profissional. A busca dos outros tons em imagens, elementos e substâncias químicas leva-o a descobrir matizes do vermelho nunca antes imaginados. A sua competência se expandiu a partir desse momento, uma vez que tais descobertas poderão ser aproveitadas em outras ocasiões. Aplicam-se, nesse ponto, as seguintes observações: " A questão não é que cada um perca a sua competência, mas que cada um a desenvolva o suficiente para articulá-la a outras competências que, ligadas em cadeia, formariam um círculo completo e dinâmico, o anel do conhecimento do conhecimento." Morin (2000:69).

Aqui deu-se destaque à capacidade de efetuar conexões e sua ligação com processos de reencontro e redescoberta com tudo o que implicam de angustiante ou gratificante. A capacidade de reunir dados da realidade e expressá-los em palavras é desenvolvida no interjogo entre linguagem, comunicação, símbolos e papéis assumidos na inserção do autor em seu grupo.

Do Conceitual ao Operativo

Uma visão integradora é obtida por meio de uma epistemologia convergente, em torno da qual as ciências do homem assumem um caráter operacional de modo a enriquecer o objeto do conhecimento e as técnicas destinadas à sua abordagem. Há uma gênese que permite uma visão horizontal (a comunidade como um todo) e a visão vertical (o indivíduo inserido em seu meio) de modo a estar apto a planificar um manejo das relações com o mundo exterior e seus conteúdos.

Poesia transformada em texto que se transforma em uma planta da casa de Drummond. Questionários transformados em diagramas para precisar a convivência do Grupo do Estrela. Desenhos transformados em textos. Observa-se o encaixe de termos como *seleções, apropriações e combinações, gerando transformações e traduções*. Salles (1998:27).

O levantamento de dados e seu registro em fichas, a construção do *boneco* com encaixe das fichas e a primeira redação são fases que se podem notar de imediato em Pedro Nava. Idéias em contínuo fluxo, são ora adotadas ora abandonadas em benefício das anteriores ou de novas idéias. A primeira escritura torna visível o movimento de *destruir para construir*. Ou seja, o autor garante um primeiro material físico que sai num primeiro jato que não representa, necessariamente, o que o autor vai em definitivo chamar de seu texto. Passa a deslocar material, inserir novas palavras e frases, anular trechos, substituir sinônimos, tudo num processo que caracteriza a idéia que se encontra em Salles (1998:28): "Gestos construtores que, para sua eficácia, são, paradoxalmente, aliados a gestos destruidores: constrói-se a custa de destruições." A alternância entre estabilidade e instabilidade sendo resolvida pelo apaziguamento dos conflitos que o autor não nega e busca enfrentar.

Quanto ao projeto poético de Pedro Nava em Beira-Mar, pode-se dizer que a relação do artista com o mundo exterior era intensamente permeada por seu conhecimento de arte e sua especialidade médica que direcionavam a sua escrita. Na descrição de Drummond aparecem alguns detalhes que despertaram curiosidade: *"(..) um moço de cabeça bem posta no longo pescoço de figura de Modigliani (...)"* (p.171).

Amedeo Modigliani era um pintor judeu italiano da Escola de Paris (Livorno, 1884- Paris, 1920). Sua obra, limitada à figura humana, distingue-se pelas formas elegantemente alongadas e por um colorido claro, cercado de traços puros (Koogan/Houaiss, 1997:1090). Pedro Nava, valendo-se do seu conhecimento sobre arte registra, de forma inusitada, uma característica marcante do poeta, sugerida pela pintura do artista italiano.

A razão de incluir essas informações e ilustrações é demonstrar que o autor possuía um esquema já no nível referencial e que não hesitou em utilizar quando precisou adjetivar uma expressão. No entanto, esse conhecimento não se revela ao receptor na simples leitura do trecho em que foi inserido. Para referir-se ao pescoço de Drummond como desejava, haveria outras possibilidades. Desde "pescoçudo", a "pescoço galináceo", "gogó de ema", dentre outras, passando pelo elementar "pescoço longo".

Do Conceitual ao Operativo

Não se sabe que sentido esse detalhe anatômico representava para seu possuidor. Ganha requinte, na descrição de Pedro Nava. Esse efeito só é conseguido na transposição de formas de linguagem para formas de língua. Ou seja, nas expressões que se mencionaram acima, talvez a língua desse conta numa única operação. Na expressão "pescoço de figura de Modigliani", há necessidade de ser bom observador de formas, exercer capacidade de relacioná-las (e isso se consegue demonstrar nas ilustrações abaixo):

Outros exemplos da característica das pinturas de Modigliani. O pescoço em cada uma das imagens acima é longo e produz um estilo especial de dar proporções à figura.
O quadro à esquerda intitula-se *Madame Hayden* e o da direita intitula-se *Retrato de Jeanne Hebuterne*.

"No seu todo alguma coisa da gravura de Dürer"(...) (p.171).

É bem conhecida a preocupação de Pedro Nava ao retratar os seus personagens. À maneira do médico, ele os disseca meticulosamente por dentro e por fora, não perdendo nenhum detalhe, o que comprova o seu espírito observador. Dessa forma, a referência a Albert Dürer justifica-se. Esse pintor e gravador alemão (Nuremberg, 1471- id.., 1528). ao defrontar-se com a natureza física do homem, não só se preocupava em reproduzir com fidedignidade os traços fisionômicos de suas figuras, como também perseverava no estudo das proporções do corpo. Ao mesmo tempo, um dos grandes ideais da arte renascentista- a beleza clássica do corpo humano- tornou-se o alvo de sua criação. (Gênios da Pintura - Góticos e Renascentistas, 1980, p.262)

A epistemologia convergente significa aproveitar o que se sabe para reeducar continuamente o olhar. O autor tornou-se médico reumatologista grandemente motivado por sua admiração pela anatomia do corpo humano. Daí seu interesse pela obra do citado artista e por outras que a retratavam em manifestação estética. Desse modo, poder-se-ia reforçar que o grande interesse demonstrado quando ainda estudante, pelo estudo da anatomia e morfologia humanas aguçou, em Pedro Nava, o senso de observação e de percepção do corpo – e com isso, torna-se um construtor de linguagens. A escolha da Reumatologia – onde se lida com a forma humana – como especialidade médica, talvez tenha sido pela idéia estética que o autor fazia do corpo, da perfeição, da melhoria, influência direta do desenhista.

A aptidão de Pedro Nava para as artes plásticas, na realidade, derrama-se pelo próprio texto. Sua prosa é marcada por uma profusão de imagens, tons e formas. O gosto pelo plástico explica um de seus métodos de trabalho – o desenho como anotação – ponto de partida para a descrição com palavras. Não é por acaso sua aptidão para as artes visuais, como bem o demonstram os desenhos de juventude enviados a Mário de Andrade (o autor possuía em sua coleção cinco desenhos de Pedro Nava, a ele

Do Conceitual ao Operativo

dedicados, anteriores a 1928) e ainda a ilustração de um exemplar da primeira edição de Macunaíma que este lhe mandara com a seguinte dedicatória: "A Pedro Nava, pouco trabalhador, pouco trabalhador, o Mario de Andrade. São Paulo 14/VII/28." Pedro Nava, em resposta à observação de Mário de Andrade, que muito apreciava os seus desenhos, aproveita páginas brancas do volume e faz oito ilustrações a guache, devolvendo-o ao autor em 1929. Estas ilustrações foram reproduzidas na Edição Crítica de Macunaíma, de Mário de Andrade (1978), organizada por Telê Porto Ancona Lopez e publicada por ocasião da comemoração do cinqüentenário de Macunaíma: o herói sem nenhum caráter. Também comprovam sua habilidade como desenhista as belas aquarelas incluídas como ilustração da primeira edição do Roteiro Lírico de Ouro Preto, de Afonso Arinos de Melo Franco (1937).

Há na prosa memorialística de Pedro Nava um elemento altamente positivo: aquilo a que o autor chama de espírito visual que lhe permitia lembrar-se até mesmo da colocação das coisas que lia numa página: "Dotado de espírito visual, dono de uma memória óptica que poucas vezes falha, ao ponto de saber até hoje, se na página da direita ou da esquerda de um livro que li muitas vezes (...) e na dita página se no alto, meio ou embaixo, está a figura ou o trecho que procuro – essa prenda concorreria para fazer de mim o grande estudioso de Anatomia que fui." (p.72)

Esse espírito visual tem, no entanto, implicações muito mais amplas na medida em que acaba dando ao autor uma imagem plástica das figuras que vê e das cenas que vive, de tal sorte que lhe possibilita oferecer ao leitor uma descrição vívida e colorida dos tipos e dos acontecimentos. Um dos pontos altos de sua prosa é, com efeito, essa capacidade imagética, de desenhista que, em dois ou três traços, apresenta tipos com indescritível densidade. O valor dessa capacidade, quando se pensa em desenvolvimento de competência cognitivo-discursiva, é o de evidenciar que há um trânsito de formas que se modificam e que o emprego da língua nessas circunstâncias é limitado e pode implicar na impossibilidade de um emprego pleno da lógica gramatical. A língua pela língua, para tentar dar conta desse processo que é de natureza cognitiva, levaria a reducionismos indesejáveis e sensações de insuficiência e impotência diante de uma idéia a ser construída e transmitida. Esse enfraquecimento aumenta bloqueios e ansiedades, abrindo espaço para temores, o principal sendo o de nunca conseguir superar a fragilidade de sua própria frase. A frase de Pedro Nava não é frágil em função do vigor que imprime, como se está podendo observar, à construção de linguagens.

A obra literária de Pedro Nava não deixa de ser obra de médico. É um de seus principais recursos de linguagem. Quem olhar com atenção perceberá o médico em cada página, a experiência dele na apreciação do ser humano. Profissional paciente, para quem a atenta observação do doente era o principal método para a comprovação de um diagnóstico, pintor e desenhista dos melhores, Nava transportou ao exercício de escritor, o hábito do detalhe, da minudência, hábitos estes que se integravam à sua necessidade implícita de expressão. Soube aproveitar, desta forma, o domínio das duas artes em benefício da sua escrita. Conforme suas próprias palavras (1983c): "(...)uma vez médico, médico a vida inteira. A influência médica é em mim total. Eu não julgo, diagnostico. Eu não aconselho, nem opino: prescrevo e receito. Eu não olho, nem vejo: inspeciono. Eu não seguro, nem passo a mão: toco, apalpo, percuto. Tendo todos os sentidos voltados para o modo de ser médico, minha literatura sofreu inevitavelmente a marca que a profissão deixou em mim."

> "(...) ou do quadro de Cranasch representando Philipp Schwarzerd - o Melanchthon." (p.171)

Melanchthon foi o teólogo e conselheiro de Lutero. Surpreendentemente, a figura de Melanchthon no quadro de Cranasch é semelhante à caricatura feita por Nava (esboçada no boneco) para retratar Drummond nos anos 1920. A atitude de estar aberto a captar imagens e impressões estende-se, como se pode perceber, a tudo que pareça semelhante (princípio da similaridade). Melanchthon desenvolvera um importante trabalho na divulgação das doutrinas da Reforma Protestante. Discordava, contudo, do radicalismo de Martinho Lutero de quem acabaria se afastando. Sofreria, nos últimos anos, violentos ataques partidos dos luteranos mais extremados. (Grandes Personagens da História Universal, 1971, p.538).

Pedro Nava revela, ainda, as influências sofridas em sua juventude: *"Acrescento a esses a fase Wilde que por intermédio de Carlos veio influir durante certo período em meus desenhos."* (p.173) Que influências Wilde poderia transmitir? Oscar Fingal O'flarertie Wills Wilde (Dublin, 1854 - Paris, 1900) era adepto do esteticismo (arte pela arte) e tornou-se um escritor muito célebre e sofisticado em virtude de sua personalidade (dandismo) e de seus contos. A sua arte era uma arte sem engajamento e sem preocupação didática. Drummond foi influenciado por essas leituras e, por essa razão, sugere a Pedro Nava analisar a pintura de artistas pré-rafaelitas. (Koogan/Houaiss, 1997:1683).

"Aníbal tinha me apresentado a Dante Gabriel Rossetti, a Burne-Jones, aos pré-rafaelitas. Carlos ministrou-me a edição de Salomé ilustrada por Aubrey Vincent Beardsley. Eu misturei tudo em estilizações contorsivas." (p.173).

O texto acima, de pequena extensão, representa uma riqueza que se perde quando não se conhecem as informações embutidas nas correlações que produz. O autor sabia fazê-las por possuir, em seu referencial, familiaridade com os nomes e obras de quem mencionava. Os dados a respeito dos artistas a que Pedro Nava faz referência ou utiliza-lhes determinadas formas foram aqui reunidos para melhor compreensão das razões dessas escolhas. Ou seja, não fazem parte dos arquivos estudados, porém revelam o conhecimento acumulado a respeito de cada um. O estilo barroco desenvolvido nessa forma de narrativa pressupõe incorporação do alheio, assimilação do outro, capacidade de transitar por diferentes modalidades de texto. No caso de Pedro Nava, o fato de ser capaz de reconhecer e aceitar a influência dos artistas mencionados funcionou como recurso para olhar e expressar o complexo e o diversificado.

Em 1848, aparece em Londres a congregação dos P.R.B. com que os ingleses conheceram os Pre Raphaelist Brothers ou irmãos pré-rafaelitas. O líder de tais irmãos era Dante Gabriel Rossetti. O grupo se propunha a mudar o estado de coisas imperantes na pintura européia, especialmente, na italiana. Os meios vislumbrados para o propósito eram os de adotar um estilo de subido misticismo e conformar toda espécie de atuação humana ao fim projetado.

Nas pinturas de Dante Gabriel Rossetti, por exemplo, é constante a aparição da amada do artista, Elizabeth Siddal, com quem se casou e que é bem conhecida pela repetição de sua imagem:

grandes olhos, boca sensual, queixo afilado e bela e opulenta cabeleira. É sabido que, quando morreu a esposa, Rossetti, inconsolável, tratou de desenterrá-la, em processo de demência quase total e se pode afirmar que essas desgraças influíram em sua pintura. Rossetti morreria em 1882 (1828-1882 Londres) em plena batalha impressionista. (Pijoán y Nuño, 1967, p.260-62)

Um outro irmão pré-rafaelita foi Edward Coley Burne-Jones (1833-1898), o mais sensível da irmandade e o que melhor conhecia os mestres italianos. A sua pintura se perdia no rebuscado dos assuntos e no preciosismo dos detalhes. Suas personagens seguem o estilo de Rossetti conduzido por um esteticismo afetado. (Diccionario Universal del Arte y de los Artistas - Pintores, s/d, p.103)

Audrey Vincent Beardsley (1872-1898), ilustrador inglês, atuou como caricaturista. As principais obras que ilustrou são Salomé (1894), The Rape of the Look (1898). Possuindo um raro domínio da composição, deixou uma obra considerável em que transparece, em seu caprichoso estilo de supostos decadentes e mórbidos, a imaginação exaltada de um enfermo de tuberculose. (Diccionario Universal del Arte y de los Artistas - Pintores, s/d, p.103)

> "Eu misturei tudo em estilizações contorsivas onde não havia olhos que não fossem pupilas de gatos, torsos sinuosamente laquéses, articulações das mãos fletindo-se onde deviam se estender". (p.173)

Como linguagem, a forma *laquéses* chamou a atenção. Não se descobriu fonte de registro dessa forma em português (que inclusive vem com acento não aplicável). Encontrou-se, no entanto, a forma láquesis que remete a herpetologia- gênero (Lachesis) de cobras americanas que compreende a maior serpente venenosa, a surucucu. (Lachesis mutus) (Michaelis, 1998, p.1229).

O dicionário Caldas Aulete (1964: 2639), registra a forma latina científica Lachesis, do nome de uma das três parcas. No verbete parcas (Dicionário Prático Ilustrado, 1969, p.1847).consta que segundo a Fábula, as parcas eram três divindades dos infernos, senhoras da vida dos homens, cuja trama fiavam. *Cloto*, que presidia ao nascimento, segurava a roca. *Láquesis* fazia girar o fuso e *Átropos* cortava o fio.

As duas significações, tanto cobra quanto parcas, remetem à idéia de sinuosidade. Essa característica é projetada num desenho que Pedro Nava (1983d) faz de uma jogadora de tênis. Essa imagem foi publicada numa edição especial do Suplemento Literário do jornal Estado de Minas em 26 de novembro:

Este desenho, ilustra a transmutação de formas. A descrição das formas laquéses estão aplicadas na sugestão de movimentos sinuosos no tronco e na roupa da tenista

"Foram estas formas de uma magreza desvairada, dum manieresco alucinado, foram esse beiços roxos, caras exangues que levaram (...)" (p. 173)

No exame da linguagem contida nesta frase, cabe lembrar que manieresco remete ao maneirismo, um estilo de exagerada sofisticação e virtuosismo- às vezes combinado com elevado sentimentalismo e religiosidade - que nasceu na alta Renascença, sendo em parte, uma reação a ela. Jacomo Pontorno (1494-1556) e Agnolo Bronzino (1507-1572) aperfeiçoaram um estilo que representava figuras em poses de elegante tensão, contraste de cores e composições densas e complicadas. Parmigianino (1503-1540) criou um estilo que apresentava distorções elegantes e bizarras da figura humana, como em *A Virgem do Pescoço Comprido* (1535) (Enciclopédia Compacta de Conhecimentos, s/d: 114).

Não existe figura de estilo mais característica do maneirismo do que a *figura serpentinata*. O pintor deveria combinar a forma piramidal com a serpentinata, como a contorção de uma cobra em movimento. A figura deveria assemelhar-se à letra S e isso deveria ser aplicado não só à figura, mas também às suas partes. (Sherman, 1978: 83).

A "mistura" (linguagem) construída por Pedro Nava, tirando proveito de todos estes estilos, pode ser constatada na ilustração - *A jogadora de tênis* - desenho datado de 1927, em que se percebe, claramente, a distorção elegante da figura, bem como a contorsão do corpo à maneira da letra S resultando no estilo de exagerada sofisticação.

Os princípios éticos de Pedro Nava são a fidelidade às opiniões que ele próprio desenvolvera a respeito das pessoas com quem havia convivido, e a busca de uma consciência precisa dos efeitos da produção a que se propusera. A descrição que faz do manejo de um jogo de cartas dá uma idéia de seu projeto poético – é como se o tempo todo estivesse havendo uma *disposição* de cartas em diversas posições combinando as formas e significados de que estas se compõem. Uma vida de relacionamentos combinada numa série de encaixes. Para o autor (1986:288): *Os fatos da realidade são como pedra, tijolo – argamassados, virados parede, casa, pelo saibro, pela cal, pelo reboco da verossimilhança – manipulados pela imaginação criadora (...). Só há dignidade na recriação. O resto é relatório (...).* Dessa forma, pode-se constatar que a criação não surge do nada. Ela se baseia em dados preexistentes que, manipulados pela mão do escritor, assumem um novo formato dependendo dos objetivos que este tem em vista.

É evidente que há um trânsito de formas que, se não operado, torna impossível organizar uma frase. Tentar efetuar, por meio da construção lingüística, um conjunto de operações que são de linguagem (e desse modo pressupõem um conjunto de referenciais) é um equívoco que conduz a malogros. A frase não alcança de imediato a extensão de uma idéia ou efeito que se deseja produzir, se operações com outros códigos não lhe derem sustentação. Entre observar uma cena (capacidade de olhar) e relacioná-la a outras imagens, algumas retratadas em obras de arte, há necessidade de registro (não necessariamente só lingüístico). Quando se ignora essa necessidade, abre-se um vácuo de difícil preenchimento: não se consegue "fazer tudo de cabeça". Quando se escreve uma frase, o tempo nela empregado faz com que se dissipem formas de linguagem que não receberam registro. O exame dos arquivos de Pedro Nava mostra como o autor beneficiou-se do fato de haver trabalhado com registros. O objeto do conhecimento quando enriquecido antes da escrita da frase faz com que esta brote naturalmente sem o movimento de dissipar-se. É uma sensação inversa à de impotência.

Tarefa

Tarefa pode ser uma aprendizagem, um diagnóstico de dificuldades de uma organização profissional, uma criação publicitária, um simples parecer num documento escrito. Ao conceito de tarefa subjaz um outro muito importante que é o da ruptura de pautas estereotipadas que põem em desajuste a comunicação e a aprendizagem e formam um obstáculo de realização do trabalho. Ou seja, sob o efeito de um estereótipo, perde-se a capacidade de contato com o complexo. Tarefa então consiste na elaboração de ansiedades. Essas ansiedades devem ser controladas, pois promovem o bloqueio e configuram a resistência à mudança.

Pedro Nava conseguia vencer obstáculos à realização de sua tarefa de escrever quando mantinha ajustadas, por meio do tratamento que sabia dar para língua e linguagem, a comunicação e a aprendizagem. Era necessário "aprender" o que ia escrever. Somente com uma estrutura de registros muito sólida seria possível dispor de materiais com poder de comunicação suficiente para permitir o empreendimento de falar sobre conteúdos. Esse mesmo conjunto de registros oferecia capacidade de ensinar: era e ainda é possível *aprender* com os arquivos de Pedro Nava nas diversas modalidades em que se apresenta. Em condições de ajuste (comunicação e aprendizagem) era possível transitar entre formas até chegar às melhores frases. Quando teve diante de si a tarefa de falar sobre um período de convívio e sem abandonar sua intenção de fidedignidade, as diferentes formas de raciocínio que adota são percebidas na atitude de criar diagramas a partir de questionários encaminhados aos contemporâneos. Cumpria seu objetivo de precisar fatos do período de convivência com esses amigos. O caso da não utilização da entrevista de Drummond que, por provável manifestação de humildade estivesse negando sua liderança do Movimento Modernista em Minas, é uma estratégia de comunicação indissociável de um princípio ético. O autor *se permitiu* manter e de fato expressar o conceito que tanto ele quanto outras pessoas faziam de Drummond.

O leitor passa a tomar contato não só com informações que não pressupunha, como também com a manifestação do modo como se dava o relacionamento entre aquele que descreve e aquele que é descrito. Um escritor desejando atribuir um papel a um amigo e esse amigo negando num órgão de imprensa a mesma informação, pode ser visto como um limite a que o primeiro estaria sujeito. Esse limite, no entanto, não foi forte o suficiente para não ser ultrapassado. Insistir na idéia de publicar algo que não recebia endosso, poderia produzir consequências até mesmo para a amizade entre os dois; poderia ocorrer alguma manifestação irascível. O fato de tanto o texto preliminar quanto o recorte da entrevista fazerem parte do arquivo construído pelo autor, é prova inequívoca do grau de consciência deste, da decisão que tinha diante de si. E não deixou de solucionar a situação ambígua que se produziu, optando por escrever o que escreveu.

Aqui a tarefa se realiza e se verifica a eliminação de estereotipias. Havia situações contraditórias, mas os registros davam suporte. Não se trata de duas pessoas unicamente trocando palavras, mas de registros que foram devidamente colhidos e armazenados com propósito de estudo e utilização. Do lado da comunicação, o limite também se estende à manipulação da matéria. Sem recurso no vernáculo para atribuir uma característica com que desejava descrever um aspecto da personalidade de Drummond, o autor constrói o termo *verecondioso* através dos procedimentos que se verificaram na ficha que utilizou para esse propósito. Ao mesmo tempo que é limitadora, a matéria comprova seu lado de oferta de possibilidades. Para descrever a casa do poeta, o autor necessitava de uma variada lista de designações para o termo casa de modo a utilizar a expressão no número de vezes necessárias ao volume de descrição que precisava realizar. O mesmo se verifica no momento em que o autor apresenta, segundo sua ótica, as características da poesia de Drummond.

Os recursos criativos estão também diretamente ligados ao domínio de determinadas técnicas. Certos procedimentos revelam singularidades que norteiam o fazer do escritor, como acontece com Pedro Nava no terreno das artes plásticas. O conhecimento acumulado sobre pintura, somado à sua capacidade de desenhista, permitem-lhe transpor essa experiência para sua escrita, na tentativa de concretização de seu projeto poético. Pode-se sentir, aqui, a mão do desenhista apoiando a mão do escritor, que conhecendo o instrumento para manipular a matéria de que dispõe, estabelece conexões originais relacionadas ao seu projeto de construção do texto.

O ato criador é um processo contínuo de revelação de novas realidades. Segundo Salles (1998, p.88):

> O percurso criativo observado sob o ponto de vista de sua continuidade coloca os gestos criadores em uma cadeia de relações, formando uma rede de operações estreitamente ligadas. (...)Essa visão do movimento criador, como uma complexa rede de inferências, contrapõe-se à criação como uma inexplicável revelação sem história, ou seja, uma descoberta espontânea, sem passado e futuro.

Pedro Nava e a Construção do Texto

O posicionamento de Pedro Nava quando afirma que "só há dignidade na recriação", vem corroborar essa noção do ato criador como uma reelaboração da realidade cujo resultado, variável de escritor para escritor, está intimamente relacionado à capacidade de cada um no rearranjo do material que tem em mãos. Assim realiza a tarefa e harmoniza aprendizagem e comunicação.

Os processos perceptivos sofrem também variações no que diz respeito à apreensão dos fenômenos que se lhes impõem. Pode-se perceber em Pedro Nava uma relação visual com o mundo. A utilização do desenho como recurso de memória, gravuras e pinturas como suporte para descrições, o esboço de diagramas para melhor visualização de certas situações, são os instrumentos de que lança mão para transfigurar o mundo observado. Esta operação pode ser associada à habilidade de trabalhar com linguagens. A proposta deste estudo é valorizar esta etapa e considerá-la parte do processo de construção. Não se costuma efetuar esse tipo de correlação. Portanto, o que se afirma é que quando se está trabalhando nesta etapa de um texto, ele está em construção embora assim não pareça a seu autor. Costuma-se pensar que o texto somente pode ser considerado como tal se já estiver na forma lingüística. Não há o hábito de pensar nas formas que antecedem a essa forma final como parte essencial do texto. Os recentes estudos de Crítica Genética vieram preencher esta lacuna dando destaque ao ato criador e ao acompanhamento do percurso criativo responsável pela criação da obra.

Os arquivos do escritor também fornecem subsídios para a compreensão de como as anotações, recortes, citações e desenhos são apreendidos e transportados para o texto. Revelam, ainda, a necessidade de pesquisa exaustiva sem a qual a obra não se sustentaria. No caso específico de Pedro Nava, foram de fundamental importância os recortes de jornal guardados com as entrevistas de seus contemporâneos quando da tentativa de reconstituição da convivência do Grupo do Estrela, por exemplo. A preocupação em não ser repetitivo – e aí já se percebe com mais clareza a preocupação com o leitor – leva o autor a listar sinônimos para o substantivo casa uma vez que a sua escritura, naquele momento, se ressentia da variedade do termo. Ao construir essa lista, embora ainda apenas num registro isolado, o autor estava construindo seu texto.

A utilidade de construir registros pode ser constatada quando da redação dos originais, terceira fase da escritura, em que se observam, com clareza, as alterações efetuadas. O mesmo ocorre com a enumeração dos termos caracterizadores da poesia de Drummond, com uma diferença: a pesquisa dos termos foi anterior à redação dos originais. Ou seja, o exercício da escritura tem um percurso próprio. Em alguns momentos, a pesquisa se revela anterior ao ato da escrita e, em outros, a escrita determina a pesquisa – é a criação em processo de desenvolvimento.

A complexidade que envolve o processo de criação em Pedro Nava, leva, então, a estabelecer, para fins de maior visualidade, o movimento que abrange a sua escritura. A originalidade de sua construção reside, justamente, nos processos combinatórios e nas transformações para a construção de novas realidades:

– Fichas com informações (retiradas de lembranças ou outras fontes) servem como ponto de partida para o desenvolvimento do texto.
– Entrevistas guardadas (recortes de jornal) servem para compor fichas com informações a serem aproveitadas e para fornecerem informações que não são registradas em fichas.

— Questionários encaminhados a contemporâneos servem para compor o diagrama de convivência do Grupo do Estrela.
— Diagrama se transforma em texto, posicionando os contemporâneos no tempo e no espaço da escritura.
— Poesia arquivada serve para compor epígrafe e auxilia na descrição da casa de Drummond.
— A planta da casa de Drummond serve para relembrar a posição de seu dormitório em relação à construção.
— Aproveitamento de obras de arte (pinturas) para descrever Drummond.
— Aproveitamento de elementos de artes plásticas para qualificar a pintura (do autor por ele mesmo).
— A caricatura servindo como ponto de partida para a descrição com palavras.
— Diálogos íntimos do autor recuperam o período que está sendo descrito.

A tarefa se realiza sem bloqueios quando a operatividade é conseguida com o manejo de um conjunto de materiais previamente preparados. É uma noção que funciona semelhantemente ao princípio do armazenamento: algo que se encontra em diferentes lugares, é reunido a outros objetos na mente de uma pessoa e ganha um novo local em que permanece por algum tempo aguardando seu encaminhamento para outro destino. O autor aqui estudado compôs arquivos cujo teor era sempre superior ao montante de idéias que desejava expressar. Ou seja, sempre armazenava materiais para tê-los disponíveis quando precisava realimentar sua carga de informação e com ela seguir construindo frases que a sustentassem.

Quando se comete o equívoco de realizar um texto apenas pelo lado lingüístico, o tempo necessário para escrever uma frase faz dissipar todas as imagens que se tinha em mente. A escrita da frase pela frase supondo ser seu encadeamento com outras frases o que organiza o pensamento é uma falsa concepção ou, por outro lado, uma concepção imperfeita do que significa construir. Enquanto se trabalha com idéias, pensamentos, recordações, descrições, o espaço em que se armazenam essas coisas na mente não as agrupa e as ordena. Elas se tornam difusas e fugidias. Sob o domínio de sensações deste tipo, é muito difícil construir encadeamentos adequados de frase e compor o texto em forma final.

Com o apoio de arquivos, pastas, registros, papéis de qualquer tipo, recortes, anotações realizadas em diferentes ocasiões – essa sensação de conteúdo difuso se torna resolvida, ou seja, ela não fica na mente, mas no material que pode ser manejado a qualquer momento. O *retomar* se torna facilitado principalmente no momento em que, como aqui se referiu, há necessidade de nutrir novamente o texto com elementos que lhe darão seqüência. Quando alguém afirma: - *Acabei de escrever a frase e sumiu tudo...Perdi as idéias, não sei como continuar*, trata-se de falta desse material físico, um material que pode estar na mesma mesa, pronto para ser reestudado e fornecer o conteúdo que desbloqueia a continuidade. Pedro Nava soube resolver com grande adequação esse fator, motivo por que serve como ensinamento.

Ainda um Pouco mais na Tarefa

Em qualquer atividade humana, e sobretudo quando se fala de construção, está implicado um processo de fazer. Remete-se, desse modo, a uma noção importante contida no conceito de tarefa. Trata-se da chamada pré-tarefa que consiste na dificuldade de manter sob controle as ansiedades. Quando não dissipadas a tempo, estas prolongam a duração da pré-tarefa e o trabalho não se realiza. Tudo acontece para que nada aconteça, com o incremento tanto de conflitos como de tendência a burocratização desnecessária, formalizações dispensáveis e outros expedientes artificiais sem efeito prático. Torna-se necessário, portanto, compreender a natureza desse processo de pré-tarefa para determinar os modos pelos quais pode ser solucionado.

É importante que o executor não se afaste da idéia de que há um objetivo a atingir e que esse objetivo deve estar refletido no objeto produzido para representar que a tarefa simbolicamente está chegando a termo. Não é uma mudança fácil, no entanto. Aparece uma etapa que se confunde com a tarefa, ou seja, em todos os sentidos há a impressão de que se está executando a tarefa, mas o que se está fazendo é construir mecanismos destinados a evitar ou retardar o contato com o objeto que efetivamente se poderia considerar funcionando dentro do princípio da tarefa.

Qualquer trabalho construído carrega, em seu interior, conteúdos de complexidade. Dependendo do maior ou menor grau dessa complexidade, sua execução pôde ficar a cargo de uma única pessoa ou ter exigido a participação de um processo grupal. De qualquer modo, o resultado mais cedo ou mais tarde será social.

Quando se produz um texto com a finalidade de publicá-lo, esse pressuposto é imediato. Diante da ausência de registros que possam dar apoio à construção desse texto, a complexidade se traduzirá num aumento da sensação de incapacidade de reunir o necessário para trabalhar. A ansiedade emerge e seus efeitos paralisantes são imediatos. Uma série de adiamentos da continuidade do trabalho se sucederão acompanhados de uma imagem idealizada e sempre de críticos implacáveis quando se trata de pensar nos receptores.

Nem ainda realizado o texto, as imagens que o indivíduo cria contra si mesmo começam a tomar o lugar da atitude de armazenar registros, construir rascunhos, efetuar as primeiras simulações. No caso de texto, o que geralmente ocorre é tentar imaginar em cada escrita que esta é a versão que será entregue. Daí uma ampliação no volume de crítica: o chefe que nunca se satisfaz, o orientador de trabalho acadêmico que devolve o texto repleto de reformulações a efetuar, a carta ou mensagem que fica pronta mas que não satisfaz aos propósitos. Considerados formas finais, quando enviados a seus destinos, esses produtos provavelmente produzirão a crítica, neste momento, fantasiada. Considerados processos de construção podem revigorar a crença de que um conjunto de correções colocarão o material em condições de ser considerado acabado. Como se privilegia o primeiro procedimento, o resultado é uma sensação permanente de temor que pode intensificar-se a ponto de impedir a continuação.

O processo de pré-tarefa é a forma de resolver a intensificação das ansiedades pela substituição por outras atividades que justifiquem que a passagem do tempo ocorreu sem que houvesse progresso efetivo na realização da tarefa. A atitude escapista deve ser substituída pela atitude de enfrentamento das ansiedades que já

Ainda um Pouco Mais na Tarefa

se instalaram. A construção de versões preliminares a partir do estudo de formas previamente construídas é a maneira mais útil de ocupar o tempo da pré-tarefa e fazer com que se ingresse na tarefa o mais rápido possível. Trata-se da firme disposição de tomar uma atitude e valorizar o fato de que tudo o que caminha na direção do produto já é estar em situação de tarefa. Sucessivas correções, ao invés de nutrir temores, devem constituir-se num processo mais natural de construção e representar a confiança na capacidade de transmutar formas mais simples em formas mais complexas. O malogro da tarefa pode ocorrer quando não se está adequadamente instrumentado. Não há compreensão adequada do que de fato produz essa instrumentação.

Imagine-se um objetivo de texto em que se tivesse de descrever uma dança como o tango. Pedro Nava assim procedeu: na página em que apresenta um casal dançando tango, o emprego de fichas volta a ilustrar a organização do raciocínio do autor. A primeira ficha (272) revela a intenção de baralhar o português com o espanhol. Antes da descrição e para melhor retratar a dança, também é perceptível a intenção de aprofundar-se no assunto:

> O tango hierático como quem oficia –
> descrever o ar na dança do homem e da
> mulher. O tango da Olímpia. La Sobera-
> na e outros. Escrever em hespanhol
> português usando expressões de tango e
> mais as antipatias do hespanhol como
> parpados, etc.

A intenção bem definida de buscar expressões de tango, motivou o autor a organizar um conjunto de termos utilizados na periferia de Buenos Aires, região de onde brotou esse ritmo (ficha 243):

lunfardo (hablar el)
linguagem secreta do bas fond
invertendo
vesre – revés   inversão silábica
bobo – relogio
bufoso – revolver
mate – cabeça
pasto – dinheiro
gotan – tango
potien – tempo

Na ficha 250, o autor registra uma observação que caracteriza um aspecto da dança:

O tango como
dança triangular
com um ângulo
 bicha

Continuando a caracterizar o tango, o autor adiciona uma dimensão cromática que faz lembrar a atmosfera de penumbra típica dos cabarés. Encontra-se na ficha 253, a criação de palavras a partir de um jogo entre elas:

Azul visual = vizul
Azul olfativo = olorazul
fazul auditivo
audiazul

A atitude que assumem o homem e a mulher durante a dança é descrita com expressões como as observadas na ficha nº 268. Junto a essa ficha, está também arquivada uma gravura que mostra um casal dançando tango:

Ainda um Pouco Mais na Tarefa

Dançarinos
O homem
costeletas de hombre malo
arrogância de macho
brutalidades alternando com ternura
cafetão
predomínio
atitude à apaixonada mas dominante

A mulher
flexibilidade de serpente
encantos de gata
sensualidade
submissão
medo de pancada (puñetazos)
entrega total
atitude à ar inspirado ao lado quase do orgasmo

A dança
O par enroscado e agil
forma um animal harmonioso
de quatro patas sincrônicas
O tortuoso e o serpentino do arrabalero
O passinho levantado
O empalamento da femea
Os passos lateraes
As carreiras de dois passos, tres, num só compasso.

Imagem de dançarinos de tango de onde são extraídos os elementos de descrição dos passos e dos movimentos do homem e da mulher.

Pedro Nava e a Construção do Texto

Ao buscar descrever a natureza da música, Pedro Nava recorre às anotações (ficha sem numeração) onde havia feito um levantamento dos instrumentos que são utilizados para se conseguir uma perfeita harmonia de sons durante a execução do tango:

> Natureza da música: os instrumentos
> Violino
> Bandoneon
> Piano
> Guitarras
> Flautas
> Com o predominio do jazz – importancia adquirida pelo saxofone
> Trompa (O saxofone e suas analogias ao bandoneon)

Continuando a sua descrição da natureza do tango, o autor também registra a origem da música assim como a sua natureza técnica (fichas sem numeração):

> Natureza da música: origem
> Arabe candombe andaluz milonga habanera
>
> Flamenca → malagueña → espanhola
> zarzuella
> americana
> tango → rumba → samba
> cueca
>   tango
>   tango argentino
>   "   brasileiro
>
> Natureza técnica da música
> compasso binário simples
> andamento moderado obedecendo ao desenho rítmico de compasso colcheia pontuada e semicolcheia

Numa ficha seguinte, também sem numeração, o autor estabelece o seguinte esquema:

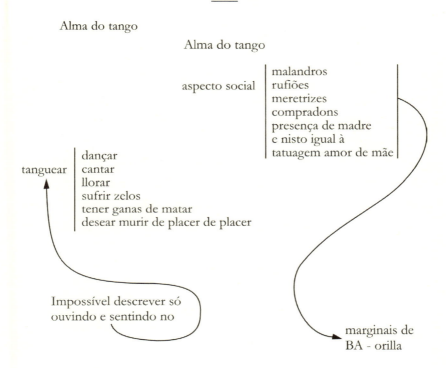

Não é possível perceber um ordenamento numérico entre as fichas uma vez que só parte delas era numerada. O ordenamento efetivamente adotado foi, portanto, aleatório, valendo o conteúdo de cada ficha, com material pesquisado e planejado. Nota-se um processo de composição de que o sistema de fichas é componente essencial. O trecho abaixo é uma organização que alterna os elementos constantes nas fichas 243; 272 e a ficha 268 identificada como *dançarinos:*

> Mas é tempo de voltarmos ao tango Nicoleta e Francis. Os dois saíram entranhados um no outro, ele muito teso e ela coleando e entrando nas concavidades da silhueta do macho. Ambos na atitude que convém adotar quando se oficia a dança portenha. El hombre malo com as clássicas costeletas de bas-fonds, empunhava a companheira de modo ao mesmo tempo apaixonado e arrogante, alternando esboços de gestos brutais e

> olhares de ríspida ternura – a traduzirem a superioridade e o predomínio do cafetão de quem pode vir um beso apaixonado, um bofeton en la raca o puñazo en el mate. Ela com flexuosidades de cobra e a sensualidade elétrica dos roçados de gata medrosa – era uma entrega total de su cuerpo, su potien – dando tudo, até su pasto si fuera necessário. Toda sua mímica era a do medo de pancada, da submissão incondicional – que não excluíam o ar inspirado e a face pré-orgástica (...) (p. 134).

O autor continua, agora usando elementos da ficha que trata da natureza técnica da música. O texto a seguir, é continuação da mesma linha do trecho anterior: *(...)que convém exibir enquanto se desliza no andamento moderado, no binário e na figuração rítmica do compasso colcheia pontuada e semicolcheia del gotan.*

O trecho abaixo refere-se à ficha 243:

> Raramente hablaban e quando o faziam deveria sê-lo en las palavras de vesre del lunfardo – que é o argô dos malandros, ladrões, meretrizes, rufiões, marginais e compadrons de la orilla de Buenos Aires – lama de que brotara a florazul do tango.(p. 134).

O aspecto cromático que o autor atribui ao tango aparece na ficha 253. O conjunto de palavras nela contido funciona como uma experimentação da cor azul aliada aos sentidos da visão, olfato e audição. O texto resultante é continuação do trecho reproduzido acima e assim se enunciou: *Azul, sim, porque essa é sua cor noturna vizul e mais seu cheiro e seu som.* (p. 134)

A seqüência é dada pela associação entre os dados da ficha 272 e 268, esta última representada pela figura dos dançarinos:

> O par hierático e sacerdotal, enroscado e ágil tinha a forma de um ser de quatro patas sincrônicas. Corria às vezes dando dois três passos num só compasso. Ora o homem se empinava e como que empalava a fêmea que se encanchava sobre ele enquanto um pé qual flor subia no ar. Ora eram passos laterais saindo uns de dentro dos outros como na sorte de tirar cama de gato.(p. 134)

Em seguida, o autor descreve a natureza da música, apoiando-se na ficha já transcrita:

> A orquestra fazia prodígios e a combinação era tão perfeita que os violinos, as guitarras, as flautas, o piano y el bandoneón pareciam emitir fumaça sonora de ara – que era como se fosse única e nascida de desconhecido instrumento (só mais tarde e sob influência do jazz o tango se enriqueceria com os gemidos do saxofone, os apelos lancinantes da trompa e a marcação mais precisa da bateria – só que se arrastando e arranhando de leve) (p. 134).

A natureza da música é agora tratada quanto a sua origem. O texto resultante produz uma imagem que condensa várias culturas, deixando evidente a natureza diversificada do tango:

> Tocavam a Media Luz e o fabuloso tango descrevia suas espirais cheias de curvas e ângulos das malagueñas, zarzuelas, candombes e milongas da metrópole; das habaneras, rumbas e cuecas ameríndias; dum leve tempero negro – tudo cortado às vezes por longos de flamenca e altos minaréticos da voz reta de muezins chamando à prece (p. 134).

Para falar da alma do tango, o autor utiliza o conteúdo da ficha elaborada para essa finalidade:

> A música parecia não ter fim, a Nicoleta e o Francis não paravam de tanguear, não saíam daquele êxtase que é a um tempo dançar, cantar, llorar, sufrir zelos, tener ganas de matar o desear murir de placer, de placer...Mas impossível descrever, sequer representar a música e a dança senão na trilha sonora dum filme que juntasse tudo. Só quem viu as casas de tango da Boca, em Buenos Aires ou o cabaré da Olímpia no Belo Horizonte dos vinte, pode entender esse triângulo musical que comporta um ângulo macho, um ângulo fêmea e um ângulo bicha (p. 134-35).

Embora tenha sido examinada apenas uma parte do texto em que Pedro Nava descreve o tango, pode-se concluir, da análise desse excerto, que em determinados momentos de sua escritura, o autor tem plena consciência dos objetivos que quer atingir, buscando de forma incessante as palavras e construções que melhor se adaptem àquilo que tem em mente. Prova maior dessa constatação reside nos fatos de que os originais correspondentes ao trecho em que o autor descreve o tango não apresentam rasuras, acréscimos ou substituições na mesma proporção que outros trechos onde essa preocupação não se apresenta com tanta intensidade.

Vale ressaltar, ainda, que o autor se vale da música, no caso o tango, como ele mesmo observa numa de suas anotações *(notas a tomar ouvindo)*, como um recurso de intersecção de linguagens, objetivando misturar o português e o espanhol. Pode-se também inferir dessa atitude, o propósito do autor em criar um clima favorável à sua produção havendo, de sua parte, uma entrega consciente às sensações provocadas pela música que se presta, assim, aos seus propósitos de criação.

Forças de Sinais Contrários

Uma importante postulação da psicologia social é a de que o homem como entidade humana não existe como ser isolado; na realidade, deve ser pensado como homem em ação. É desse modo que deve também ser concebida sua capacidade de criação e construção. Em sua vida social o homem se depara com dois importantes elementos em oposição: de um lado, a determinação mecânica estabelecida pelo coletivo e de outro, a liberdade individual. No primeiro caso, está implicado um perigo, a alienação e no segundo, pressupondo a capacidade de criação, é comportado um medo, o da liberdade. O ponto importante a ressaltar é que se deve buscar integrar e essas duas dimensões. As dificuldades de realização de uma tarefa num dado âmbito residem na ausência da solução desse conflito. Por outro lado, é nos componentes da própria tarefa que se encontra essa solução.

Pedro Nava constrói a instrumentação para realizar seus textos quando baseia suas formulações em documentos, o que permite supor que o acompanhamento dos percursos de busca nesses documentos pode ser revelador de um estado de organização mental, ao mesmo tempo que permite aprender. A documentação leva ao desenvolvimento de algumas habilidades. A possibilidade de recompor a casa de Drummond somente se concretiza quando o autor teve acesso a uma poesia que era daquela época. Seria impossível, para ele, lembrar detalhes da construção de uma casa que não mais existia. Coloca uma observação curiosa sobre a pintura de um pescador no alpendre da residência, o que era muito comum em Minas Gerais naquela época. É uma poesia descritiva; registra as características da casa. Seu uso como epígrafe (cinco primeiros versos) num trecho que tratava de Drummond, se justifica porque o próprio poeta fala das saudades de uma casa em que um dia habitou.

A entrevista concedida por Drummond a Lya Cavalcanti, ocorrida em 1977, figura no arquivo como um recorte de jornal. A importância dessa entrevista é que Drummond contraria a posição elogiosa de Pedro Nava a respeito da liderança do movimento modernista de Minas. O recorte de jornal traz uma revelação poucas vezes mencionada. Por alguma estratégia particular, Nava não menciona a entrevista e com isso preserva a imagem que tanto ele próprio como os demais contemporâneos faziam do poeta. A presença do recorte de jornal traz a viva voz de Drummond falando de si próprio e ampliando o texto de Nava. Imagine-se se Nava houvesse dito o contrário: Drummond não foi o líder do movimento modernista de Minas, como sempre se pensou. Não o fez, o que significa que a visão que se tem hoje desse papel atribuído ao poeta era endossada por seus contemporâneos.

Na descrição da obra do poeta, o quadro de adjetivos que aplica é resultado de um profundo conhecimento de sua poesia. Não se imagina que uma adjetivação tão repleta de menções viesse de pura dedução. A lista é sobremodo forte para expressar que é fruto de real conhecimento de quem de fato leu a obra. Trata-se de manifestação de pesquisa. Emílio Moura afirmara ter sido Drummond o líder do movimento modernista em Minas Gerais. A entrevista em que fez essa afirmação era de 1952. Aqui tem-se a influência de um documento guardado.

A documentação registrada comprova que o autor desenvolvia hábitos de coleta de material. A poesia, por exemplo, veio de um recorte de jornal, assim como a entrevista a Lya Cavalcanti, esta de uma página de jornal guardada pelo autor havia, pelo menos, dois anos antes de sua efetiva utilização.

O questionário que preparou e enviou a cada um daqueles que tinha interesse em mencionar permitiu, ao autor, a organização de um diagrama para estabelecer o período de convivência do grupo do Estrela. O diagrama possibilita a coerência com fatos, locais e pessoas, em circunstâncias que o autor conseguiria recuperar de memória, mas não necessariamente sua exata ligação com o tempo. O diagrama auxilia na menção do tempo, o que evita falar de fatos que acabem se anulando. Ajuda a articular competências como as que aponta Ostrower (1999) ao abordar o processo de criação: relacionar, ordenar, configurar e significar, todas originadas da capacidade de compreender. Essa capacidade se amplia, segundo a autora, em decorrência ao ato de dar forma e atingir algo novo a partir de algo preexistente ou a que se teve acesso.

No momento em que algo se configura e se explicita, desdobra-se numa infinidade de alternativas. Há um movimento dialético que alterna momentos de ampliar e delimitar. Este último, da natureza do fechamento, caracteriza-se pela ocorrência de absorção de circunstâncias anteriores, condição determinante para nova abertura. Processo em permanente continuidade, faz nascerem possibilidades de diversificação: a transformação recria o impulso que o criou como decorrência da contínua tomada de decisão. O delimitar participa do ampliar, daí o fato de o processo regenerar-se por si mesmo. Por obedecerem a um movimento dialético, seria de esperar que as tensões e as oposições se resolvessem numa síntese. No entanto, isso não ocorre, e é o que assegura a continuidade.

O importante fator a considerar é a inserção do criador. É inevitável que ela ocorra no interior do antagonismo descrito para que mais adiante possa gerar formas que serão traduzidas em algum tipo de código, o escrito, por exemplo. O espaço de tempo destinado a essa vivência deve ser preenchido com a criação de códigos de suporte que são mapas, diagramas, desenhos, fichas e demais recursos. É também um momento que pode ser de fechamento ou de abertura.

Quando se compreende que o produzir teve início já nas primeiras formas construídas como suporte, estão sendo transpostas certas possibilidades latentes para o texto em construção. É o processo de configuração e definição que precede o contato com o código no qual se irá operar. O ordenamento que ocorre no interior dessa etapa de configuração e definição é diferente daquele que se verifica na operação com o código. Ocorre uma mobilização interior de grande intensidade emocional. Há a suspeita de que o que bloqueia a produção do código escrito está inserido no próprio código escrito. Na realidade, o que aqui se designa como *bloqueio* é a ausência de explicitação dessa intensidade emocional. Não é de todo possível realizá-la, e a solução está em ir adiante, revisar, ajuntar, tirar, acentuar, diminuir, interromper – elementos da abertura.

O signo tenta, em vão, dar conta do objeto. Este é o princípio da incompletude. Só é possível pensar em cadeia de signos em que um transfere para o outro a possibilidade de aproximação com o objeto. É um processo de crescimento que se dá em rede. O processo de recriar explica-se no interior da tendência do signo a autocorrigir-se e a autogerar-se, pois "haverá sempre algo a ser melhorado, uma forma mais adequada de representar aquilo que o artista busca" (Salles, 2000:114). Quando falta um termo no código escrito, não significa pensar que falta uma palavra que pode ser recolhida de um dicionário. O que na realidade é necessário é preencher lacunas que mais tarde serão expressas por meio de palavras que podem ser de qualquer língua. Trata-se de entender conteúdos mentais e de como se processa o olhar para o mundo. Uma expressão do tipo vermelho como *canto de galo* pode ser tola se considerada exclusivamente na lógica da língua, que é gramatical e semântica. No entanto, é preciosa, original, inteligente, quando serve ao propósito de preencher a lacuna da categoria em processo de criação.

Lembra Ostrower (1999:32) que imaginar é um pensar específico sobre um fazer concreto. Faz referência ao carpinteiro quando pensa nas possibilidades que pode atingir ao trabalhar com a madeira. Não lhe passa pela cabeça extrair da madeira algo que só pode ser encontrado numa peça de alumínio. Do mesmo modo se pode pensar que ao afirmar vermelho como *canto de galo*, o autor primeiro avaliou e depois utilizou uma possibilidade concreta do idioma de expressar algo só explicável pela imaginação criativa..

Criar permite alcançar diferentes realidades e desenvolver o conhecimento das coisas. A experiência produz um sentimento de que melhora nossa estruturação interna e experimenta-se a sensação de estar-se em contato com dimensões nunca antes vivenciadas. O contato sensível com o processo criativo gerado por outras pessoas amplia o sentido de crescimento interior. Realizar este estudo apoiado nos arquivos da obra de Pedro Nava explica-se como opção metodológica pelas razões acima ponderadas e também pelo conjunto de coincidências operativas que a organização que produziu ajuda a perceber.

Imaginação criativa nasce do interesse do criador em explorar as possibilidades maiores de certas matérias ou realidades. É produto da capacidade relacional, ou seja, de efetuar conexões. A imaginação criativa tem origem no sentimento de interesse em explorar possibilidades maiores e mesmo deriva das leituras que o criador é capaz de efetuar. O relacionamento é do tipo afetivo que inclui a capacidade de acolher um dado fenômeno. Sem uma postura mais elástica, é impossível extrair dessas fontes os elementos de que se necessita.

Dependente da sensibilidade de uma pessoa, essa postura só se transforma em capacidade criativa se de fato puder contar com essa sensibilidade. Para cumprir uma finalidade criativa, é indispensável que a imaginação seja associada a alguma forma de materialidade. No momento em que uma obra está em construção, idéias, pensamentos, seleções lexicais, construções metafóricas e metonímicas, identificações podem ser registradas por meio de fichas, gráficos, desenhos, planos, maquetes, moldes, etc. São recursos úteis para dar uma primeira existência material a esses recursos. O que se poderá efetuar posteriormente com esses registros dependerá da capacidade de transmutação ou tradução para diferentes códigos.

Pode-se pensar que para realizar tal operação, seja necessária uma hiperespecialização, o que não se pode considerar verdadeiro quando se têm em conta as seguintes afirmações de Morin (2000:28):

> [O] fenômeno da hiperespecialização faz com que um verdadeiro mosaico, um *puzzle* de objetos, cerrados, fechados, disciplinares não possam se comunicar uns com os outros; a reflexão de uma disciplina, de um objeto a outro, se torna muito difícil.

O autor trata do dinamismo do conhecimento científico e posiciona-se atribuindo-lhe o papel de sustentar um primeiro motor que seria o da curiosidade inesgotável, uma vez que solucionar um problema com todas as suas implicações faz surgirem novos problemas e enigmas. Trata-se de uma *aventura non stop* ou seja, quanto mais se sabe, menos se sabe. Vê vantagens nessa aceitação, uma vez que " [e]ssa aprendizagem de nossa ignorância é positiva já que nos tornamos conscientes da ignorância de que éramos inconscientes." Morin (2000:76).

Plaza (2001:34) defende que " [n]ão se traduz qualquer coisa, mas aquilo que conosco sintoniza como eleição da sensibilidade, como 'afinidade eletiva'." Ostrower (1999:39) acrescenta: "(...)para poder ser criativa, a imaginação necessita identificar-se com uma materialidade. Criará em *afinidade* e *empatia* com ela, na linguagem específica de cada fazer." A matéria determinará o caminho a seguir e oferecerá soluções para as necessidades de decisão que tomarão de assalto a mente do criador em questões como: sim ou não, falta algo, sigo, paro... Num tipo de busca que integra variadas formas de ser, o criador defronta-se com fatos reais, fatores de elaboração do trabalho que tornam possível optar e decidir por uma ou outra, numa atitude de tomar decisão e atuar.

Não se trata de um processo de mão única em que um pensamento pode ser colocado de imediato em sua forma definitiva. Há uma seqüência de transformações, daí a pertinência de se afirmar o contínuo processo de tradução. Tudo tem origem na percepção consciente: além de resolver situações imediatas, possibilita que o homem a elas se antecipe mentalmente. A construção de arquivos é o recurso prático para essa finalidade.

No exame dos procedimentos com que Pedro Nava se refere à casa de Drummond, nota-se que há variação no emprego do substantivo que fazia referência ao local: casa, residência, moradia, lar, prédio, construção, etc. Na primeira versão do texto, notam-se correções tão reiteradas quanto foram reiteradas as menções a um único termo: casa. É evidente a constatação pelo autor de que se repetia e tornava monótona a construção. Resolveu construir a ficha reproduzida abaixo, *planejando* as várias maneiras de que poderia dispor para expressar um único elemento substantivo por meio de uma série sinonímica.

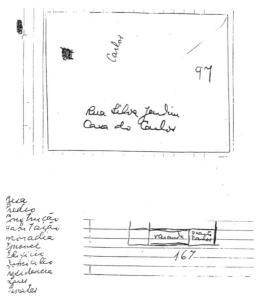

Ilustração de como apareceram em fichas as anotações desse trecho do livro. O destino dessas fichas era sempre um agrupamento na forma de súmulas.

O que para o autor foi posterior, para quem está estudando o processo de criação e construção de um texto nos moldes aqui apresentados, deve ser anterior. Ou seja, o autor percebeu posteriormente que convinha o que se está chamando de antecipação mental ou capacidade de antever certos problemas. Para Bleger (1998:74) "pensar equivale a abandonar um marco de segurança e ver-se lançado numa corrente de possibilidades."

Forças de Sinais Contrários

A ambição presente num processo de construção de objetos é a de buscar uma forma definitiva e precisa capaz de encerrar tudo em si mesma. Isso contraria a noção de incompletude do signo e nega seu poder de autocorreção. Por outro lado, desconsidera que o pensamento em signos equivale a pensamento em cadeia. Omissão, nesse momento, aprofunda a ansiedade e a faz permanecer mais tempo do que seria tolerável. Transformar matérias e adentrar a experiência sensível é uma condição indispensável; enquanto ainda não se saiu do plano da intenção, não se atingiu o universo das formas, este sim, meio de assegurar que já se está fazendo. Essa noção se define na idéia de que é significativo o "ensinar a pensar, a atuar segundo o que se pensa e a pensar segundo o que se faz, enquanto se faz." Bleger (1998:76).

Pignatari (1979:115) afirma que, do ponto de vista semiótico, não há associação de idéias, mas somente associações de formas. Qualquer pensamento e sua função cognitiva depende de o pensamento projetar-se em pensamentos futuros como resultado da interpretação.

Os principais focos da discussão que se processou nesta parte incluem a atenção que se deve destinar à busca de equilíbrio entre os temores básicos de ataque e perda. Em situação de desajuste entre uma determinação imposta pela vida em coletividade e a condição de liberdade que os vôos da criação permitem alcançar, a tarefa não se realiza. No momento em que se criam formas mesmo que não se tenha certeza de como serão reaproveitadas, está sendo executada a tarefa.

Uma idéia a ser abandonada é a de que a frase escrita por si só exerça a função de efetuar todo o suprimento de conteúdo quando se quer obter um texto. A ausência de segurança é substituída pela certeza de encontrar soluções quando se está criando e lidando com formas que serão levadas posteriormente a uma apresentação como frases. Um texto não nasce pronto – é indispensável que isto seja aceito – ele tem uma construção em *fases preliminares* que jamais serão visíveis ao leitor, mas que pertencem ao criador e por este devem ser habilmente manejadas até chegar àquele.

A sensação de segurança obtida com a decisão de parar (desistir ou retardar, prolongando a pré-tarefa) é transitória e precária. As reais defesas diante do acaso são originadas da atitude de compor formas que com o passar do tempo ampliam a capacidade de expressar e fazer sentido. Agir desse modo requer o abandono da atitude de onipotência originada da convicção de que se está apto a atingir soluções sem esse procedimento.

Conversão de Formas

A questão de partida situa-se na busca de construção de uma competência cuja demanda é concreta: a capacidade de "colocar no papel" um determinado conteúdo. A hipótese que se adota neste estudo é a de que o conhecimento de como funciona a cadeia de signos pode influenciar no modo mais rápido de operar dentro dela, uma vez que é em seu interior que essa construção se processará. É indispensável, de início, compreender que nessa noção de cadeia se instala um princípio que é o da continuidade. Quanto maior e melhor possa ser o conjunto de signos para expressar alguma coisa, embora aparentemente se estabeleça algum tipo de suficiência, haverá sempre uma configuração ou possibilidade mais ampla e melhor.

O funcionamento dos signos caracteriza-se por continuidade e devir. Equivale dizer que é indispensável aprender a operar dentro desse conceito. Operar na continuidade dos signos é transformar signos em outros signos. Trata-se do processo de semiose, "relação de momentos num processo seqüencial-sucessivo ininterrupto." (Plaza, 2001:17)

A cadeia de signos é infinita. Há um movimento de progressão em que o signo se torna mais amplo e com maior capacidade de conter os signos que lhe antecedem. Esses signos aperfeiçoados funcionam como interpretantes dos signos anteriores. Para Peirce (1977:74), signo é "qualquer coisa que conduz alguma outra coisa (seu *interpretante*) a referir-se a um objeto ao qual ela mesma se refere (seu *objeto*), de modo idêntico, transformando-se o interpretante, por sua vez, em signo, e assim sucessivamente, *ad infinitum.*" Santaella (1995:88) esclarece a noção de interpretante, lembrando que este "é o significado do signo, ao mesmo tempo que se constitui em outro signo, o que redunda na já famosa afirmação peirceana de que o significado de um signo é um outro signo."

Os interpretantes vão sendo melhorados por contínua correção. Numa visão oposta, na medida em que se vai regredindo nos signos em cadeia, num mesmo processo ininterrupto, observa-se o poder de construção do sentido e de proximidade com o objeto que está na origem da cadeia na qual se está operando. Há uma representação que interpreta uma representação anterior, e a série de representações é infinita, sempre funcionando como referência de um posterior a um anterior. A questão torna-se a de saber o modo de posicionar-se no interior da série.

Trabalha-se sempre com "representação de representação". A composição de fichas é um recurso para penetrar no interior da série. Independentemente do aspecto prático do registro, organizar o raciocínio em fichas auxilia no processo de trabalhar num universo de grande mobilidade. Registrar algo por escrito é uma operação de traduzir essa mobilidade num suporte de natureza estática (o papel como força de suplementação). A ação ininterrupta dos signos é característica de toda linguagem. O pensamento se dá pela mediação de signos. Plaza (2001:18) enfatiza:

> Por seu caráter de transmutação de signo em signo, qualquer pensamento é necessariamente tradução. Quando pensamos, traduzimos aquilo que temos presente à consciência, sejam imagens, sentimentos ou concepções (que, aliás, já são signos ou quase-signos) em outras representações que também servem como signos. Todo pensamento é tradução de outro pensamento, pois qualquer pensamento requer ter havido outro pensamento para o qual ele funciona como interpretante.

O indivíduo que pensa é o primeiro espectador-leitor de seu próprio pensamento; é a primeira pessoa virtualmente presente quando surge um pensamento. O pensamento tem etapas e sofre variações: as pessoas mudam de estado de espírito em diferentes oportunidades, diante de idênticas situações. Ser autor significa transformar-se no primeiro tradutor de uma forma em outra para si próprio, uma vez que se tem de fazer compreendido por esse eu virtual criado. A conversação que se estabelece consigo mesmo é livre, não necessariamente obedece a uma sintaxe predeterminada, mas não pode ser realizada fora do universo sígnico. O processo dialógico é portanto o contato com a cadeia de signos já no mundo interno e, pelo fato de ser cadeia, pressupõe tradução. No mundo exterior, as entidades emissor e receptor são categorias diferenciadas com maior nitidez.

O signo é o único recurso para fazer o trânsito entre o mundo interior e o mundo exterior. O pensamento só pode ser "socializado" se transportado por meio da linguagem. Morin (2001:197) lembra que polivalente e polifuncional, "a linguagem humana exprime, constata, transmite, argumenta, dissimula, proclama, prescreve (os enunciados 'performativos' e 'ilocutórios'). Está presente em todas as operações cognitivas, comunicativas, práticas." "Pensamento e linguagem são atividades inseparáveis: o pensamento influencia a linguagem e esta incide sobre o pensamento" (Plaza, 2001:19). Como mediadora, a linguagem é um terceiro universo. Cada linguagem permite ver o mundo de uma maneira diferente uma vez que é um sistema culturalmente determinado e desse modo contribui para organizar o pensamento e constituir a consciência. A consciência inevitavelmente sofre a influência das mediações dos signos pelo fato de que qualquer linguagem contém uma forma de estruturação particular numa alternância de regras que afrouxam e regras que enrijecem. A possibilidade de expressão de um pensamento é diretamente relacionada com as possibilidades de expressão da linguagem adotada.

Um grande montante de textos descritivos era vinculado a desenhos do autor. É o que se verifica, por exemplo, numa descrição como a da Santa Casa de Belo Horizonte (páginas 328-29 de Beira-Mar) que o autor visita em 1977 e faz referência ao tempo em que nela passou como estudante de medicina. O desenho é de uma das fachadas, num esboço simétrico. Do prédio original houve uma parte demolida. O desenho, portanto, recupera a imagem de uma construção da década de vinte, e é curioso que o desenho mostra que os vãos entre as janelas davam lugar aos leitos da enfermaria. Esse recurso permitiu um cálculo do número de leitos que esse setor abrigava, informação que o autor desejava destacar.

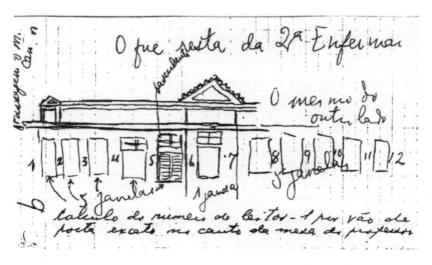

Desenho usado como recurso de memória: imagem da Santa Casa de Belo Horizonte construída por Pedro Nava para compor descrições.

Conversão de Formas

Se cada vão abrigava um leito, bastava multiplicar pelo número de vãos. Assim o autor transpõe o resultado desse dispositivo:

> " A coisa meio arruinada que eu vi em dezembro de 1977 tinha onze janelas de frente com doze vãos (contando-se os cantos) para doze doentes. Com o outro lado, seriam vinte e quatro que devemos diminuir de dois devido ao espaço criado, numa ala, para a mesa do professor e na outra, para a entrada dos sanitários."

Trata-se de uma atitude de recuperação: trazer de volta um conjunto de imagens significa produzir uma conjugação entre linguagem e pensamento. Um desenho tem valor de similaridade. Nele podem estar contidos vinte detalhes ao passo que uma operação, sem o apoio da imagem, tenderia a deixar escapar certas nuances. No desenhar a fachada, há um momento de construção icônica. O que vai escrito ao redor do desenho e o que é transposto para a página são uma operação de tradução.

Pode-se tentar pressupor que um déficit nesse processo associativo pode inibir a capacidade de construção cognitivo-discursiva e talvez seja a responsável pela sensação de incapacidade de expressar-se em suas várias modalidades. Efetuar associações requer o concurso preliminar da similaridade. Há um mundo de ícones a serem registrados e não se trata de nada muito rigoroso com relação a suporte para esse registro. O autor em estudo se utilizava de qualquer pedaço de papel de que dispusesse no momento em que lhe ocorria a necessidade de um registro. Há, na vida cotidiana, um grande número de estímulos que podem receber expressão em formas variadas, desde que o interessado em recuperá-las tenha desenvolvido o hábito de "armazenar" que se viu tão intensamente neste autor.

O procedimento de *armazenar* informações por meio de desenhos e anotações comprova a eficácia do registro de imagens como recurso de memória e sobretudo como *mapeamento* prévio a um movimento de escrita. O ideal para quem escreve é poder *espalhar* sobre a mesa um conjunto de *mapas* e desenhos expressivos que possam nutrir novamente a memória e o pensamento todas as vezes que uma frase acaba de ser escrita. É comprovadamente uma maneira de dominar as ansiedades de efeito bloqueador.

A planta do Club Belo Horizonte é um desenho que consta do arquivo do autor e, quando foi feito, o clube já não mais existia. Utilizada como recurso auxiliar na descrição, mostrava-se da forma como está aqui reproduzida. O que é curioso notar é o modo como a descrição coincide com o que é visível no esboço, identificado com o número 8, como se pode verificar pelo seguinte trecho (sugere-se que a leitura do mesmo seja feita sem perder de vista a figura). A passagem está contida nas páginas 52 e 53 do livro publicado:

> Como Clube Belo Horizonte fora inaugurado em 1904 (...). Logo no corredorzinho de entrada o Paulo mostrou porta à esquerda. Essa é a sala de leitura (...) larga mesa central redonda. (...). Desta sala passamos à da frente, a dos bailes, com mobiliário preto torneado e muito belle époque, sofás e cadeiras ao longo das paredes. Duas jardineiras com altos espelhos se defrontavam – uma em cada parede lateral. No canto direito de quem entrava, um estrado para orquestra, onde se viam as estantes das partituras e fechado, um belo Pleyel espelhante negro. (...). Prudentemente recuamos para a galeria onde nosso guia mostrou porta próxima à do salão. Abriu mas não entrou e nem nos deixou entrar. Aqui ficam o toalete e a privada das moças. É hábito ninguém penetrar aqui nem usar a banca sacrossanta. O bidé então! nem se fale...(...) Perlustramos a galeria larga e cheia de espelhos. O Paulo continuava indicando outras entradas. Aqui as das salas da diretoria, da secretaria, ali a do uaterclose dos homens. (...) Na primeira, os cabides e uma pia. Na segunda, a retreta com tampa de verniz e mictório parecendo uma

Conversão de Formas

queixada prognata e aberta. (...) entreabrimos as salinhas de jogo. A primeira, com uma mesinha para o cuncamplei e a mais comprida e solene da pavuna (...) A segunda sala, como a primeira, azul de fumaça mostrava dois grupos em manga de camisa entranhados no pôquer (...) do outro lado dependência com toucador de grande espelho (...) e mais a entrada da copa-cozinha. No centro das peças descritas por último, era o buffet (...).

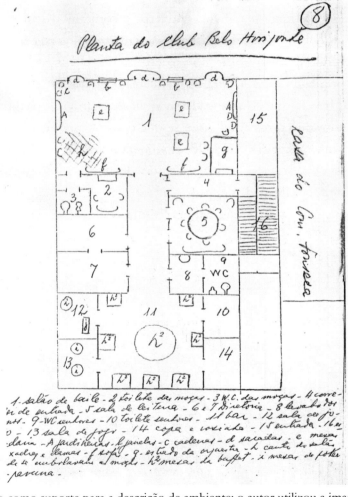

Esboço como suporte para a descrição de ambiente: o autor utilizou a imagem acima para descrever o Club Belo Horizonte. Sugere-se ler o trecho acompanhado desta figura.

Quando se acompanha a descrição (aqui reproduzida no trecho que apresenta as dependências do clube), constata-se que o risco de engano fora eliminado com o desenho; nenhum detalhe se perdeu, o que se comprova também pela legenda incluída como recurso auxiliar. A descrição vem acompanhada de elementos dêiticos, o que torna mais dinâmica a descrição do ambiente, uma vez que os demonstrativos e advérbios com valor demonstrativo (essa, aqui, ali) têm a faculdade de designar *mostrando* e expressando referência a uma posição no espaço.

Imagine-se no final do pequeno corredor ilustrado em (4) após haver vencido as escadarias indicadas em (16); passa a fazer sentido todo o restante. Note-se que o autor está falando de uma lembrança de 1922 em 1978, cinqüenta e seis anos mais tarde. É inegável, portanto, a vantagem do desenho como recurso de memória. Trata-se de um procedimento de *recuperação*. Mais notável ainda, pelo fato de que naquela altura o clube não mais existia. Examine-se, portanto:

> Logo no corredorzinho de entrada o Paulo mostrou porta à esquerda.

Nesta única frase há uma seqüência ilustrada pelos números 16, 4 e 5 (veja no desenho). Imagine-se fazendo o percurso. A descrição resultante é precisa, como também se verifica na seqüência posterior:

> Essa é a sala de leitura (...) larga mesa central redonda. (...). (Ilustração 5) Desta sala passamos à da frente, a dos bailes, com mobiliário preto torneado e muito belle époque, sofás e cadeiras ao longo das paredes. Duas jardineiras com altos espelhos se defrontavam – uma em cada parede lateral. No canto direito de quem entrava, um estrado para orquestra, onde se viam as estantes das partituras e fechado, um belo Pleyel espelhante negro.

Conversão de Formas

Não deixe de acompanhar esta descrição fazendo uso das legendas com as codificações fornecidas pela ilustração 1:

> (...). Prudentemente recuamos para a galeria onde nosso guia mostrou porta próxima à do salão. Abriu mas não entrou e nem nos deixou entrar. Aqui ficam o toalete e a privada das moças. É hábito ninguém penetrar aqui nem usar a banca sacrossanta. O bidé então! nem se fale...(...)

Agora o conteúdo refere-se às ilustrações 2 e 3. Concentre-se na figura e reveja o texto: *Perlustramos a galeria larga e cheia de espelhos. O Paulo continuava indicando outras entradas. Aqui as das salas da diretoria, da secretaria,(...)*

Com referência às ilustrações 6 e 7, mas sem deixar de perceber que a "galeria" refere-se ao corredor que está bem nítido no desenho, passa-se a sentir como que caminhando junto com o autor num percurso ao longo desse corredor: *ali a do uaterclose dos homens. (...) Na primeira, os cabides e uma pia. Na segunda, a retreta com tampa de verniz e mictório parecendo uma queixada prognata e aberta. (...)*. Ilustrações 8 e 9.

> entreabrimos as salinhas de jogo. A primeira, com uma mesinha para o cuncamplei e a mais comprida e solene da pavuna (...) A segunda sala, como a primeira, azul de fumaça mostrava dois grupos em manga de camisa entranhados no pôquer (...) do outro lado dependência com toucador de grande espelho (...) e mais a entrada da copa-cozinha. No centro das peças descritas por último, era o buffet (...)

Todas as descrições desta parte estão localizadas nas ilustrações de 10 a 14. É indispensável reler, acompanhando a seqüência que a ilustração fará ver. O importante é, a todo o momento, associar com a legenda.

O interesse de estudo está concentrado nas vantagens do procedimento. Construir uma descrição é muitas vezes uma operação dependente da habilidade de *recuperar*. O que não se costuma ter em mente, no entanto, é que um desenho recupera e essa não deixa de ser uma forma de armazenamento.

A ilustração a seguir é denominada *Esquema da Zona em Belo Horizonte*. Vale ressaltar que o desenho também serviu para outras passagens de texto que não apenas a que vai comentada a seguir. Para uma leitura mais perceptiva do sentido de utilização, é importante realizar o mesmo procedimento de acompanhar, adotado para a ilustração anterior. O texto aqui reproduzido encontra-se nas páginas 54 e 55 da edição de Beira-Mar utilizada neste estudo:

> Formavam-se grupos e todos tomavam a mesma direção, em Afonso Pena, sob os fícus até virarem em Espírito Santo, Rio de Janeiro ou São Paulo que eram os caudais que desaguavam no quadrilátero da Zona. Esse compreendia tudo que ficava entre Bahia, Caetés, Curitiba e Oiapoque, vasta área de doze quarteirões de casas. A partir da crista de Caetés, as ruas ladeiravam até despencarem no Arrudas. (...) Fomos até São Paulo, atravessamos a Avenida do Comércio (...) a rua Guaicurus (...) olhamos as portas abertas da Petronilha (13), da Leonídia (14) e, mais embaixo, em Oiapoque, a fachada misteriosa da Elza Brunatti (17) (...) Dobramos à direita contornando o Palácio das Águias e diminuímos o passo diante do portão também inacessível da Olímpia (15) e da fachada acachapada do Curral das Vacas (...) Continuamos na noite estrelada. Fomos pelas escuridões de Oiapoque até Bahia. Passamos diante da fachada apagada do hoje Instituto de Tecnologia (A), naquele tempo contendo toda a Escola de Engenharia. Volteamos em Guaicurus e apreciamos o movimento prodigioso daquele açougue chamado Curral das Éguas (8) (...)chegamos ao destino que nos propuséramos: o baile da Rosa (9).

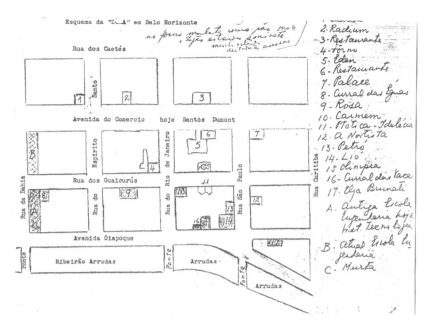

Desenho como suporte para a localização no espaço: Pedro Nava utilizou esta imagem para descrever diversos movimentos que seu grupo realizava pela cidade.

Como se pode perceber, o esquema que serviu de apoio foi plenamente utilizado. No caso da descrição de pessoas, o recurso utilizado é a caricatura ou a fotografia. A figura de Ascânio Lopes é um dos personagens que maior espaço recebeu no texto em Beira-Mar. Pode-se supor que a recuperação de informações tenha sido muito difícil, sobretudo por sua vida breve (morreu aos 23 anos incompletos, de moléstia pulmonar), de modo que não havia grande documentação. Nava resolve esse problema fazendo uso de um conjunto diversificado de fontes: as próprias fichas, seu recurso mais presente, o questionário respondido por Alphonsus de Guimaraens Filho, caricatura (para recuperar imagem e dados físicos); uma carta-resposta recebida de José de Figueiredo Silva — contemporâneo a quem Nava solicitou mais informações uma vez que aquele amigo conhecia Ascânio Lopes por ter residido com ele na mesma pensão por volta de 1925. Este mesmo respondente encaminhou, por empréstimo a Pedro Nava, um livro de Delson Gonçalves Ferreira intitulado *Ascânio Lopes – Vida e Poesia.* (impressão de agosto 1967; editora Difusão Pan-Americana do Livro – Belo Horizonte). Se se examina mais detidamente o conteúdo da página composta por Nava, nota-se o grande montante de informação que utiliza dessa fonte bibliográfica. Em Beira-Mar, as menções a Ascânio Lopes ocupam as páginas de 232 a 235, às quais sugere-se consulta, em caso de interesse de conhecer a íntegra.

A fim de se ter uma idéia do apoio oferecido pela caricatura para a descrição de características físicas, observe-se o trecho aqui reproduzido:

> Uns descrevem-no como baixo. Outros, alto. Esses, franzino. Eu creio que ficaria melhor defini-lo com precisão médica. Era um longilíneo médio cuja elegância e proporções davam a impressão de rapaz mais alto que realmente foi. Num esforço de memória vejo-o batendo pouco acima do meu queixo de homem alto o que lhe dá cerca de um metro e setenta. Mais. Menos. Não era cabeçudo mas acentuadamente dolicocéfalo e seu occipital retrodominava. Cabelos muito escuros – castanhos para pretos. Testa ampla e alta. Sobrancelhas espessas, muito negras, cerrando-se na raiz do nariz regular da variedade que os fisiognomistas chamam *busqué.* Olhos muito grandes de comissura externa mais baixa que a interna o que, com o corte amargo da boca, acentuava a tristeza do seu riso. Lábios finos. Sua aparência era gentil. (p.232)

Diante do desafio de construir um relato, em geral não ocorre a quem escreve, uma multiplicidade de fontes. Tendo em conta o procedimento de recuperação, há sempre necessidade de mais do que apenas uma fonte de ordem bibliográfica. No ambiente acadêmico, em geral, a primeira iniciativa, e grande parte das vezes, única, é de livros. Aqui nota-se a riqueza de recurso informacional

Conversão de Formas

que desenhar uma caricatura proporciona. Nava fez consultas, enviou questionários, compôs fichas. Acentua-se a relevância da atitude de recuperar e *armazenar* para organizar um extrato de idéias e informações, para com ele expressar um conteúdo de real significado.

Imagem de Ascânio Lopes construída por Pedro Nava. Observe-se que a figura desenhada ia recebendo, progressivamente, anotações. No conjunto, essas informações eram valiosas para os procedimentos descritivos indispensáveis ao texto que o autor tinha em mente sobre esse contemporâneo.

A carta-resposta acima mencionada está reproduzida a seguir, como ilustração de como as consultas feitas pelo autor lhe foram úteis. A correspondência encaminhada por José de Figueiredo Silva em 30/11/76 fornece informações a respeito de Ascânio Lopes. A carta é mais longa e fala de assuntos variados. Eis o trecho específico em que começa a referir-se ao mencionado contemporâneo:

> (...)Mas vamos ao seu inquérito sobre o Ascânio Lopes Quatorzevoltas (apelido avoengo que acabou por se transformar no sobrenome de que ele tanto se orgulhava: "- Não o assino, porque isto é um país de

Pedro Nava e a <u>Construção</u> do Texto

ignorantes que não têm a menor noção do exato valor do conteúdo histórico da raça.", dizia-nos ele com aquele excelente sorriso que nem a tuberculose ensombrou). Sobre ele, ganhei há tempos o livro que aí vai, <u>por empréstimo</u>, de autoria de meu amigo Prof. Delson Gonçalves Ferreira. O livro fora por mim emprestado a um outro amigo, que só ontem, a renovadas instâncias minhas, m'o devolveu. Nele encontrará você o principal da existência do Ascânio, que eu conheci em junho de 1925, quando vim para Belo Horizonte e passei a morar na Pensão Lima (de meus falecidos primos Dr. Augusto de Figueiredo Lima e D. Ida Rocha Lima), à Avenida João Pinheiro, entre a Rua Bernardo Guimarães e a Praça da Liberdade, então a última casa do primeiro quarteirão à direita de quem desce aquela Avenida, na esquina pois da rua Bernardo Guimarães (o número da casa, o tempo o comeu na minha memória).

O respondente entra em outros assuntos e num trecho mais adiante retorna ao assunto Ascânio Lopes:

(...)Mas, voltando à Pensão Lima, ali morou o Ascânio, desde quando veio para Belo Horizonte nos princípios de 1925 (quando prestou o seu vestibular de Direito) até meados de 1928, quando se recolheu ao Sanatório Cavalcanti, à Avenida Carandaí (atrás da Igreja do Sagrado Coração de Jesus, a "dos turcos", no seu próprio bairro de residência da época, de Faculdade e de Santa Casa). Na mesma Pensão Lima também moravam, então, o Emílio Moura, o João Guimarães <u>Chagas</u> (primo do Emílio, e não João Guimarães "Alves", como você escreveu em seu inquérito), os dois Martins de Almeida (Francisco e José), o Heitor de Souza (o "Prego"), o perfumado e empoado Dr. Rizzio Affonso Peixoto Barandier (que sempre fez questão de ser doutor e ter o nome escrito assim como aí vai), o também doutor e igualmente bonito Gregoriano Canedo e os demais de que me lembrei em um poema-delito que há tempos cometi sobre o pobre do Emílio Moura e de que lhe mandei uma cópia (coragem, aqui com o degas, nem tem tamanho...). Ali, pois, conheci o Ascânio e fui seu companheiro de quarto durante 3 anos quase. Não fomos simples companheiros. Mas irmãos, mesmo. A tal ponto, que o meu primeiro filho carrega o seu prenome: Ascânio. Continuando na resposta ao seu "inquérito", posso afirmar-lhe que o Ascânio não trabalhou, em caráter efetivo, em nenhuma revista ou jornal de Belo Horizonte, como redator, repórter ou revisor. Raramente publicava o que escrevia. E, quando o fazia, era por insistência do Emílio Moura, para aquela página modernista do "Diário de Minas". Agora, para a "Verde", de Cataguases, sim: era um de seus fundadores, seu

Conversão de Formas

diretor e seu freqüente colaborador. Quanto às datas em que ele conheceu aquelas outras pessoas a que você se refere no "inquérito" que me mandou, estou colhendo as necessárias informações. Antes de sua vinda aqui no próximo dia 16 (conforme a sua "ameaça"), você as terá.

Os leitores do texto final publicado não podem fazer idéia do imenso percurso que foi necessário e efetivamente empreendido pelo autor para produzir o trecho sobre Ascânio Lopes. Os dados de que dispunha não seriam suficientes para mais do que poucas linhas. Obteve, portanto, ajuda. Foi competente no sentido de reunir as fontes que acionou e finalmente *compôs mapas* que sucessivas transformações (invisíveis ao leitor) conduziram às frases finalmente enviadas ao editor.

A passagem que descreve o carnaval de 1926 (páginas 297 a 300) é um exemplo completo de utilização de súmula (boneco, na acepção dada pelo autor). Essa súmula funciona como recurso para apoiar a escrita da página, prepara a seqüência do texto e faz sua organização. As fichas que dão sustentação ao relato, assim estão organizadas:

No Carnaval em
que saímos de
Tunos 1926
lembrar a chegada
dos Tunos em 1925
Ficha 84

Carnaval dos Sás
Ficha 68

Sobre o fascínio exercido sobre
mim pelos Sás comparar o
de Swann sobre o narrador.
Ver La Recherche vol 2 – pg 272
Ficha 111

Carnaval dos Sás em BH
Maria Silvana – 1926
Ficha 112

O Carnaval dos Sás – 1926?
Ficha 113

D. Naninha
comentando
A Mariquinhas
fantasiada de
Terpiscose
Ficha 119

Os guizos nas fantasias eram
dentro dos babados
      Carnaval Sás
Ficha 118
O Carnaval (...) começou no Clube Belo Horizonte com bailes como os dos anos anteriores. Lá estavam as nossas moças com as indefectíveis fantasias de *Noite, Lua, Alsacianas, Tirolesas, Holandesas, Fadas, Castelãs, Mariantonietas, Ciganas, Pierretes, Colombinas e Flores (todas).*

Esta parte remete ao seguinte conjunto de anotações (constantes do boneco) e aqui são reproduzidas para facilitar a verificação uma vez que a ilustração como um todo não é plenamente legível.

    O Carnaval de 1926   Noites
                               Alsacianas
                               Holandesas
                               Tirolesas
                               Fadas
                               Castelãs
                               Pierretes
                               Colombinas
                               Flores (todas)

    O Carnaval antigo Balão pg. 110
    Fantasias   84

O agrupamento de fichas resultava numa súmula, como a da imagem acima. O autor também a chamava de boneco. Esta é uma das mais ricas percepções do processo de criação, extraída de seus arquivos: este guia poderia gerar centenas de linhas de texto publicado.

O texto continua:

Com certo escândalo viu-se, ao lado dessas, a multiplicação das apaches e gigoletes; com surpresa, a Ogarita Sá e Silva com uma linda roupa de Colombina, só que metade preta e metade branca, a Ceci Mibieli como Odalisca de lamê prateado. Com muita reprovação, a Marianinha Bevilacqua de calções bufantes feitos de tiras de cetim das cores do arco-íris, manto e um colar onde se penduravam as letras que compunham T-E-R-P-S-I-C-H-O-R-E.[5] Era o nome de sua fantasia que uma senhora reprovadora dizia Terpsicóse e comentava maligna. Como é? que a família dessa moça consente que ela se vista de semelhante psicose! As danças entretanto eram as mesmas valsas, mazurcas, tangos argentinos, xotes e quadrilhas. À meia-noite do primeiro dia la fête battait son plein quando ouviu-se um berreiro e uma tropelia escadas acima e irrompeu no salão um grupo enorme, num conjunto alvi-negro – de que o branco era representado por senhores e rapazes vestidos de cozinheiros, de gorro engomado, aventais, mangas arregaçadas e fazendo barulheira infernal de bater e esfregar colheres, garfos trinchantes e escumadeiras em caçarolas, frigideiras, ralos, panelas, caldeirões, tábuas de carne e o mais da parafernália dos mestres-cucas. O negro era das roupas das senhoras e moças vestidas de subretes, touquinhas e aventais de renda – todas brandindo vassourinhas, espanadores e esfregões de linho. Logo identificados. Eram parentes de Mestre Aurélio e D. Sázinha chegados naqueles dias, para o verão em Belo Horizonte. Com eles e no mesmo bloco entraram os primos da cidade – todos os Lessas, Sás, Pires e Rabelos que moravam na capital de Minas. Meu amigo Chico Pires fazia um *maitre queux* fabuloso. Logo o Carlos Sá foi entender-se com o maestro pedindo marchas animadas. Acabaram-se decidindo pelo can-can de A Viúva Alegre (fá-sol-mi-ré-mi-dó-fá-lá-dó) e pela marcha-portuguesa Vassourinha cantada desde 1912. E não se ouviram mais outras músicas àquela noite. E pela primeira vez, em Belo Horizonte, viu-se um bloco desfilando braço dado ou alternando homem-mulher uns com as mãos nos ombros e cinturas dos outros e cantando enquanto dançavam. A tradução da letra da primeira.

---

[5] A fantasia mencionada faz alusão à musa da dança e da poesia lírica – Terpsícore – representada com uma lira (Koogan/Houaiss, 1997:1565)

Conversão de Formas

Fica doido varrido quem quer,
ou quem não quiser ver a Mulher...

Os versos conhecidos da segunda.
Rica vassoura, ai! Quando serás minha!
P' r'eu deste abano passar a varredor... (p.297-98)

A continuidade do texto reproduzido acima, foi construída com base na composição obtida com as anotações:

Danças
Modernização em 1926 devida: Blocos
aos parentes de Aurélio 68-111-112-113 – descrever os protótipos
Carlos Sá – Chiquito Lessa – Lucas – instrumentos copa e cozinha
Naná Lessa – Deia Sá Lessa – soubrettes – espanadores, vassourinhas, espelhinhos
Maria Silvana ainda de Marquesa côr de rosa e
Azul natier- conjunto Pompadour. Música e Marcha
Fica doido varrido
quem quer
Minha fascinação por tal gente
Mariquinhas de Terpiscose 119
Ogarita

Note-se o próximo trecho do texto publicado:
Depois do primeiro pasmo, os mais audaciosos aderiram. Lembro Amelinha Melo Franco e Múcio. Ela de branco e lenço vermelho na cabeça, ele de dominó preto; Beraldina Ribeiro e Estela Carrilho, as Marcondes, os Jacob; Laurita de avental e lenço verde na cabeça, seu irmão Rui Gentil Gomes Cândido num magnífico Pierrô vermelho todo vibrante e sonoro dos guisos cosidos dentro dos babados da veste; Valério Rezende de boné de oficial de marinha; as Serpas egrégias; Nair Lisboa e suas primas Robichez; Palmira e as suas – as Belisário Pena; Leopoldina e Persombra; Maria Silvana; as Pedro Paulo; uma delas com um Pierrô suntuoso de cetim amarelo-ouro cujas amplas mangas e bocas de calças eram feitas de larga renda negra.(p. 298).

Anotações da página esquema:

Adesões:
Casildo mostrando o fox (Fox trot de las Campanas)
Ogarita – sua dança, sua graça ou fox blues
Amelinha e Múcio – Ela de branco e lenço vermelho
As Beraldina e Carrilho – Persombra e as primas e as Penna
Ruy Gentil e as Marcondes – Laurita Gentil
Os Jacob – As pedropaulos – Pierrot amarelo Célia

A alegria contagiante de Diamantina tinha se alagado, embebendo os belorizontinos contidos e o clube parecia que ia explodir de risos cantos gargalhadas gritos de alegria. Logo, mais gritos, agora de pânico, depois de acrescentada alegria: era o Álvaro Pimentel vestido de caubói, um trinta e oito em cada mão e disparando de repente doze tiros de festim para o ar. Aquele cheiro de pólvora seca parece que excitou mais, as prises de lança-perfumes começaram a ser tomadas às escâncaras e em doses de anestesia geral. O Cavalcanti, o Cisalpino, o Isador e o Paulo Machado cometiam desatinos. O Teixeirão, o Chico Martins e eu estávamos na farândola e vestidos de Tunos. Os verdadeiros, de Coimbra, tinham visitado Belo Horizonte e nós três resolvemos lembrar a passagem dos estudantes portugueses caracterizando-nos como eles andavam vestidos. Fúnebres capas rasgadas, cosidas a linha branca. Sobrecasaca. Colarinho alto, sapatos e calças negras, sobrancelhas aumentadas a linha preta cortada miúdo e esses toquinhos colados até à raiz nasal, queixo escurecido a papel carbono para fazer barba cerrada. (...) Como sobrecasacas tínhamos pedido tudo que havia de mais ilustre em Belo Horizonte. Eu arvorava a de Cícero Ferreira, que servira na inauguração da Faculdade. O Teixeirão, a de Bernardo Monteiro, veterana dos debates no Senado Federal. O Chico, nada mais nada menos da que fora envergada por Adalberto Ferraz, a um de janeiro de 1897 – quando empossou-se como primeiro prefeito da então chamada Cidade de Minas. Eram relíquias familiares que obtivéramos a custo prometendo usá-las com o maior cuidado. (...) Eu não podia mais de admiração por toda aquela gente parenta do Mestre Aurélio. Sentia por eles mais ou menos o que o Narrador nutria por Swann. Curiosidade, interesse, preocupação. Tinha a impressão de que eles eram de essência diferente e que também um incógnito os envolvia quando vinham a Belo Horizonte. (p. 298-99)

As anotações que deram corpo ao texto acima, assim ficaram dispostas:

O club, as salas, as prises. O Lucas buceteando
O Álvaro aos tiros no salão

Os tunos 84 – as sobrecasacas

Conversão de Formas

O texto se encerra guiando-se, ainda, pelas seguintes anotações constantes do boneco:

Palace – Lucindo e Carmen del Castilho (que no texto final aparece alterada para Carmen del Toboso)

(...) Acabara o baile, acabara o Carnaval. Não era possível! Queríamos mais e corremos desabaladamente Avenida Afonso Pena afora. Descemos. Fomos ao Palace. Era o novo cabaré e cassino da Olímpia. Estava soberbo e só fecharia às quatro da madrugada. Só que lá era ainda um carnaval convencional e cheio de tangos. Havia números. Quando a Carmen del Toboso saiu para castanholar sua flamenca, não resisti. Levantei-me e invadi o número com tal ritmo de palmas secas, tão hábil taconeo[6], movimentos de espinha tão convulsos que a artista riu e aceitou a colaboração. (...) Aquele carnaval teve conseqüências muito desagradáveis para o Chico Martins, para o Teixeirão e para mim. Aquela profanação das sobrecasacas foi sabida e as famílias recusaram-se a recebê-las de volta. Ficamos imundos. Só muito tempo depois é que consegui que aceitassem a devolução da que usara...Tive de bradar contra a infâmia, jurar por tudo que havia de mais sagrado...
Cordis sinistra
    - Ora pro nobis
Tabes dorsualis
    - Ora pro nobis
Marasmus phthisis
    - Ora pro nobis
Delirium tremens
    - Ora pro nobis
....

Morbus attonitus
    - Ora pro nobis
Cholera morbus
    - Ora pro nobis
....

---

[6] Taconeo origina-se do espanhol tacón que designa o salto do sapato. O português tem a forma tacão com o mesmo significado. No emprego aqui adotado remete ao movimento do sapatear. No verbete *Taconeo*, do *Diccionario de la lengua española*, 1995:620), o sentido é confirmado como efeito de taconear, ou seja, pisar causando ruído ritmado com o salto.

Lepra leontina
    - Ora pro nobis
Phallorrhoea virulenta
    - Ora pro nobis
Lupus vorax
    - Ora pro nobis
....

Angina pectoris
    - Ora pro nobis
Et libera nobis omnia Cancer
    - Amen.
(VINÍCIUS DE MORAES: Sob o trópico de câncer)(p. 299-300).

O poema de Vinícius de Morais utilizado no fechamento da passagem, aparecera na edição do Pasquim nº 46 de 7 a 13 de maio de 1970 e encontrava-se arquivado entre os materiais de Pedro Nava. O poema foi escrito para homenagear alguns médicos, conforme se observa em menção feita no canto superior direito da página do jornal. São citados os nomes e dentre eles figurava o de Pedro Nava. Há, no recorte preservado, uma anotação de próprio punho, a exemplo do que sempre fazia nos materiais de seus arquivos. Essa anotação está ao lado do texto aqui reproduzido e com toda certeza reflete uma intenção de registrar um lembrete:

> Esse poema foi começado a escrever e deixado de lado devido à doença de Santiago Dantas. Concorri com quase todos os nomes latinos das moléstias, tirados de Coplaud. A publicação atual é a de poema começado a construir há 6 anos. Pedro Nava.

A matéria no Pasquim constava de quatro textos numa organização efetuada por Vinícius de Moraes, todos eles com abordagem sobre o câncer.

Carnavalização

Em sua concepção mais direta como festa popular, o carnaval sempre representou a superação de limites impostos por relações hierárquicas, proibições e tabus. O homem liberta-se temporariamente da verdade dominante e ganha mobilidade para transitar em diferentes papéis. Pode, por exemplo, ocupar o lugar da autoridade e perverter o discurso dominante. Dispensado da obediência às regras, ganha o direito de adotar a atitude que lhe dá vontade. Origina-se a atitude carnavalesca, marcada pela alternância e pela renovação em oposição à rigidez dos costumes. Obtém-se acesso à percepção da verdade como algo relativo; adquire-se uma força de sinal contrário: a de agir pelo avesso. Como forma de linguagem, a atitude carnavalesca elabora, de modo especial, o vocabulário, conseguindo-se, dentre outros, o efeito de diminuir a distância entre os indivíduos, qualquer que seja sua posição social.

No decorrer da composição de uma página, há momentos em que não se consegue avançar na escrita, ocorrendo uma "crise verbal". A carnavalização das idéias surge, então, como uma forma de recompor o pensamento e dar vazão à criatividade através da renovação de relações, alternância de elementos, criação de novas formas de expressão.

Um exemplo claro da renovação da forma de dizer pode ser constatado numa anotação em que Pedro Nava brinca com as palavras, criando jogos verbais para se referir a um pássaro, mais epecificamente, à andorinha. Compõe, para isso, uma ficha identificada com o número 88 em que faz, primeiramente, um levantamento da designação dada ao pássaro em diversas línguas:

Andorinha – português
Hirondelle – francês
Golondrina – espanhol
Rondinella – italiano
Schwalb – alemão
Swallow – inglês

A seguir, exemplifica os modos possíveis de se fazer jogos verbais com palavras diversas:

Modos de fazer jogos verbais – estudo
dos palíndromos, analetrias (anagoletrias)
Laura – Raul
Arual – luar
Raul – lura
Alure (francês)
luzare – ar azul
azul – zaun – erro dactilográfico

O aproveitamento das possibilidades anteriormente levantadas, leva à elaboração de novas formas vocabulares não previstas até aquele momento, como se pode comprovar pela anotação seguinte:

Engate de várias línguas: fazer
partindo de andorinha, golondrina,
(gondolandorinha)
hirodrina
andorondele

A percepção do autor originou uma linguagem própria, baseada na liberdade de relações que se pode associar à visão carnavalesca do mundo que, no dizer de Bakhtin (1999:30):

"ilumina a ousadia da invenção, permite associar elementos heterogêneos, aproxima o que está distante, ajuda a liberar-se do ponto de vista

Carnavalização

dominante sobre o mundo, de todas as convenções de elementos banais e habituais, comumente admitidos, permite olhar o universo com novos olhos, compreender até que ponto é relativo tudo o que existe, e portanto permite compreender a possibilidade de uma ordem diferente do mundo."

As formas baseadas nessa linguagem carnavalesca resultam da busca do novo, da mutação, da renovação, da alternância, enfim, da liberdade de expressão. Tal liberdade traz, como resultado, a criação de novas formas lingüísticas, associação de elementos imprevisíveis e conversões diversas. A visão carnavalesca exprime uma oposição a toda idéia de acabamento e perfeição, a toda pretensão de imutabilidade e eternidade, seriedade e rigidez. Faz lembrar a idéia de que um signo é sempre incompleto e requer contínua correção. Lembra também o fato de que pré-tarefa é um momento de bloqueio que é uma atitude oposta à de carnavalização.

As formas especiais do vocabulário são também exemplos dessa visão carnavalesca. Ao referir-se a uma senhora que enriquecera às custas da prostituição, Pedro Nava a nomeia de forma a deixar patente a origem de sua fortuna. Este é um exemplo típico de que o riso usa o sério a seu favor: *Essa grande* belorizontal *deixou sua fortuna milionária a uma órfã e ...à Prefeitura da capital de Minas.* (p.130)

Aqui se confirmam as observações de Bakhtin (1999:57) acerca do profundo valor do riso como a melhor abertura para uma concepção de mundo. O autor o aponta como forma capital para expressão da verdade sobre o mundo, abrangendo a sua totalidade, a história e o homem. Permite englobar pontos de vista ao mesmo tempo particulares e universais, mesmo de modo diverso do sério, talvez mais importante que este: "por isso a grande literatura (que coloca por outro lado problemas universais) deve admiti-lo da mesma forma que ao sério: somente o riso, com efeito, pode ter acesso a certos aspectos extremamente importantes do mundo."

Já a aproximação de elementos díspares tende a abolir as relações previsíveis e a eliminar certas regras vigentes, criando um tipo especial de comunicação, ideal para os objetivos que o autor tem em vista, naquele momento. É o que ocorre quando Pedro Nava associa um substantivo e um adjetivo incompatíveis à primeira vista. Tal fato ocorre para justificar o comportamento de um de seus personagens que sendo irmão de um professor e de um bispo, dava-se muito ao respeito, não bebendo ou freqüentando bares em Belo Horizonte:

> Um dia convidei-o a uma cerveja. Ele recusou escandalizado. (...) Convidou-me por sua vez a uma casa de frutas na descida de Bahia para saborearmos, como ele fazia todas as tardes, umas laranjas seletas. Superiores- afiançou. Passei a ser convidado e a convidar o novo amigo para essas orgias cítricas. (p. 290)

A associação de elementos heterogêneos e a conseqüente aproximação de elementos distantes estabelecem o riso e a visão carnavalesca do mundo, que estão na base do grotesco, em determinadas situações. Percebe-se tal fato numa passagem em que o autor exalta a profissão de uma prostituta, colocando-a no mesmo patamar que os grandes doutores da capital mineira. Conjugam-se o mundo convencional e o mundo da orgia:

> A Alzira Caolha, pela profunda consciência profissional que fazia dela algo como um Torres Homem, um Castro, um Couto da Putaria. Ela era puta e era-o plenamente como os grandes citados eram médicos, Frontin, engenheiro e Clóvis Bevilacqua, jurista. Mestra egrégia. (p.133)

Um recurso expressivo é obtido a partir do contraste entre o mundo convencional e o mundo da orgia: atitude carnavalizadora.

Carnavalização

Bakhtin (1999:9) ilustra esse sentido ao lembrar que no carnaval havia a supressão das barreiras hierárquicas estabelecidas pelo status social, educação, fortuna, emprego, idade e situação familiar. Na passagem acima, ao colocar lado a lado uma prostituta e figuras bem posicionadas na sociedade como um médico, um engenheiro e um jurista, Nava os iguala e oferece, como base dessa comparação, a noção de consciência profissional, que nos quatro era idêntica.

A língua interpretativa e pitoresca dos pacientes, registrada por Pedro Nava, neutraliza as diferenças e barreiras hierárquicas entre o médico e o doente, criando um tipo especial de comunicação sem restrições, como se pode perceber na passagem:

> Ai! doutor, senti como se eu fosse um monte de gelo derretendo, não vi mais nada e caí. A coisa em linguagem médica queria dizer: suores e lipotímia. Assim era feito com a série de figurações verbais que cada um usava para exprimir suas dores, agonias, aflições. Lembro as que guardei para sempre. Tenho o tornozelo cheio de vidro moído. Uma dor como se as carnes estivessem despregando dos meus ossos. Sinto um rebolado no joelho. Meu Deus, doutor! tenho sensação de formigamento que vai da papada à ponta do pé e ao mesmo tempo parece que estão enchendo minha perna e minhas cadeira que nem pneumático de automóvel. Meu sangue tem pimenta. Tenho uma canga no pescoço e a cabeça feito mingau. Uma correria dentro de mim. Sofro de fisgadas ardidas. Meu corpo fica feito bacia de saboada quando as bolhas estão arrebentado – Aí ele arde e chia, bate todo por dentro, e com perdão da má palavra, treme até na via da vagina. Tem estrelinhas de metal debaixo de minha pele. Uma corrente de ar nos ossos da perna afora. Me deu um ronco na cabeça. Isto tudo era preciso fazer repetir, perguntar como era, captar e afinal transcrever na linguagem técnica com que se classificam as dores, as aflições, as sensações falsas do ptiatismo, as parestesias revestidas de comparações fantasistas. (p. 330-31)

A tradução criativa leva também o autor à busca de novas formas-conteúdo a partir de séries culturais: ao invés de perder-se ou apagar-se, alargam seu significado satisfazendo, assim, o desejo

Pedro Nava e a Construção do Texto

do tradutor. Ao referir-se aos transeuntes que se esbarravam no Bar do Ponto, início do século XX em Belo Horizonte, o autor procura captar os sentimentos que povoavam a multidão, elencando-os numa observação registrada sob número 21:

> O mistério dos passantes na rua (no mundo)
> todos se olharem e de chisparem no
> ar as faíscas multicores dos olhos da
> multidão carregados de vigilância,
> desconfiança, indiferença, aborrecimento,
> inimizade, chiste, antipatia, interesse,
> simpatia, desejo, concupiscência, tédio
> e intenções de agressividade e homicídio

Os dados levantados parecem não satisfazer o autor. Algo deve ser colocado no texto que faça emergir a tradução de um novo sentimento, uma nova realidade estética. A criação de um termo, através da aglutinação de dois substantivos de significado aproximado, tem então por objetivo superar o sentido das formas originais e criar, assim, uma outra realidade como se pode deduzir da anotação encontrada numa ficha sem numeração:

> precaução + cautela
> precotela

Na página da direita dos originais (terceira fase da escritura) aparece uma nova observação do autor:

```
      c
precaução
      u
      t              = precotela
      e
      la             mineirismo usado
                     por Chico Pires
```

134

Carnavalização

Satisfeita a busca, o autor volta ao texto, reelaborando-o e introduzindo a descoberta. Observe-se a proliferação enumerativa, própria do que se espera de uma sintaxe poética:

> Na rua cruzavam-se homens e mulheres. Uns se conheciam, se comentavam, se cumprimentavam. Outros não se sabiam mas todos se olhavam e faziam chispar no ar da cidade (do mundo) os fios das pupilas carregadas de vigilância, precotela, desconfiança, curiosidade, indiferença, antipatia, inimizade, interesse, chiste, desejo, concupiscência, tédio, ódio gratuito, intenções de bater e vaga vontade de matar. (p.6)

Pedro Nava *carnavaliza* desde o momento em que constrói seus registros até aquele em que transporta as formas que obtém para o texto de estilo barroco que consegue construir. Como procedimento de linguagem, a atitude carnavalesca significa ser capaz de utilizar formas e símbolos a que essa conduta dá acesso, para ampliar a leitura do diversificado, do complexo, do polifônico e da contradição. É numa percepção carnavalesca do mundo que o lirismo da alternância e da renovação produz incomparáveis efeitos no processo criador.

Raciocínio Diagramático

Se, por um lado, a atitude carnavalesca dá acesso a uma multiplicidade de elementos, de outro, é impossível registrar essa multiplicidade sem o auxílio de diagramas. Ou seja, afirma-se que a frase linear é insuficiente e, quando usada como recurso para essa finalidade, provoca frustração por seu limitado poder de dar conta de tudo o que está implicado no ato de observação e registro. Há elementos preliminares tais como afinidade eletiva (seleciona-se sempre aquilo que "toca"), auto-organização (tendência a convergir) e tradução (manejo de formas para dar conta de significados implícitos). O raciocínio diagramático é alternativa às limitações da frase.

Torna-se visível a junção de elementos como é o que sucede nas descrições em particular e em qualquer outra parte da escritura, de modo geral. São, na realidade, ligações entre elementos. Quando descreve o Carnaval de 1926, esses elementos são agrupados em fichas e posteriormente organizados numa página, funcionando como uma espécie de mapa da seqüência textual que se produzirá. A essa ligação de elementos se pode associar a noção de auto-organização. Há um potencial de novidade neste processo que depende de "encontros" e descobertas.

Para realizar as ligações exigidas pela precisão, ao falar de uma época de convívio com colegas e contemporâneos do Grupo do Estrela, por exemplo, Nava desenha um diagrama. Seus arquivos são ricos de fontes documentais funcionando como registros codificados que permitirão, mais adiante, dar conta, não só do encontro, mas da interação entre os elementos. Algo criativo, num nível, propicia o atingimento de algo ainda mais criativo, num outro nível. A ausência desse tipo de perspectiva produz e intensifica o estado de pré-tarefa. Esse momento de pré-tarefa é aquele em que, na ausência de recursos ou na falta de consciência de que recursos de suporte devem ser criados, entra-se em ansiedade bloqueadora e interrompe-se o trabalho sem previsão de retomada.

Não havia parâmetros variáveis e a criatividade se estabeleceu no aproveitamento das situações. Algumas coisas que foram feitas numa etapa geraram outras coisas em outros momentos com mais expressividade. Escrever em 1978 sobre acontecimentos da década de vinte estabelece a necessidade da criação de recursos de suporte para o encontro entre elementos distintos. O autor se coloca no centro dessa convergência de elementos, uma vez que falará de situações nas quais esteve presente, momentos em que tomou parte e dos quais foi testemunha.

Elementos de natureza distinta podem significar desde uma data, um recanto específico num setor da cidade, uma afirmação feita por alguém, um momento político, uma cena num salão num dia de carnaval. O que deve compor essas menções requer uma corporificação de potencialidades, ou seja, tudo pode expressar algo e é necessário encontrar a justa medida dessa expressão.

Num estudo a respeito do modelo de Michel Debrun, Schaeffer (2000:3) recupera as referências acerca dos participantes efetivos da auto-organização, tais como *partículas, imagens, sons, ritmos, indivíduos, idéias, atos, significações, eventos, séries causais, destroços de sistemas anteriores, sistemas "completos", dentre outros*. São expressões que, mesmo denotando significados nem sempre aplicáveis, podem conotar elementos semelhantes quando se trata das práticas perceptíveis no trabalho de Pedro Nava. São campos da auto-organização que, como ressalta Schaeffer (2000: 7) pertencem ao campo da ação humana. Considera a importância de associar percepção a "um trabalho construtivo hipotético, imaginativo, criador, dependente de memórias e antecipações" em que o percepto "não é apenas um dado." A ação humana tem base numa projeção para o futuro, de modo que os seguintes termos também a ela podem ser associados: "capacidades, propensões, potencialidades, possibilidades, tendências, inclinações, proclividades." (Schaeffer, 2000: 7)

A tradução tem como princípio retirar de uma fonte antecedente (não necessariamente elementos de uma outra língua) significados implícitos que possam funcionar em complementação descobrindo, assim, novas realidades. Toda tradução requer uma nova informação estética. Em Haroldo de Campos (1967) tem-se que não é apenas o significado que se traduz, mas traduz-se o próprio signo, sua fisicalidade, sua materialidade, ou seja, a tradução é uma *transcriação* de formas significantes. Aqui, o autor refere-se à tradução para além da dimensão puramente lingüística: fornece orientações no sentido de tradução de uma fonte para outra. Na recodificação, à fonte antecedente associam-se *formas* e não *idéias*, uma vez que uma idéia somente será apreendida a partir do momento em que for representada por um determinado código, ou seja, a partir de sua materialização. *Traduzir é, nessa medida, repensar a configuração de escolhas do original, transmutando-o numa outra configuração seletiva e sintética.* (Plaza, 2001:40).

Em muitos casos, a expressão de um pensamento exige do autor uma dinâmica particular na construção de sua tradução. O prazer que o vinho traz àquele que o toma, tendo em vista a sua cor e a trajetória que desenvolve para chegar ao estômago sugere, por analogia, o fluxo sangüíneo, resultado de uma hemorragia interna. O que acontece, neste caso, é a possibilidade de se produzir, por meios diferentes, efeitos análogos. Ao dizer que tomar um Chianti é *gratificante como hemorragia às avessas* (p. 128), Pedro Nava dá mostras de que a operação de substituição de elementos para a tradução do pensamento, resulta numa recriação da forma, ou seja, um signo se traduz em outro. Transcriar um pensamento, portanto, é aproximar identidades e diferenças naquilo que se pretende exprimir, produzindo novos sentidos e novas estruturas que conduzem à descoberta de novas realidades, alargando o sentido da idéia original e, ao mesmo tempo, complementando-a criativamente. Prova disso são as anotações que o autor fez quando registrou a idéia como possibilidade de uso, numa ficha arquivada sob o número 249:

> O vinho é gratificante como se fosse uma hemorragia às avessas. (Transfusão – é a idéia mas a palavra não deve ser usada para completar o pensamento)

O fato de registrar na ficha o pensamento que desejava levar adiante e as ressalvas a serem consideradas permite que no momento de resgate da anotação, mesmo que haja transcorrido certo tempo, o conteúdo retorne para nutrir a continuidade do trabalho. Note-se, portanto, que num curto espaço se podem sucessivamente construir suportes que contribuirão para um trabalho satisfatório num momento posterior.

Traduz-se aquilo que toca, de acordo com o objetivo imediato, ou seja, o que suscita, nas palavras de Plaza (2001:34), "afinidade eletiva". No caso de Pedro Nava, a medicina teve grande influência na sua forma de traduzir as idéias. Por analogia e baseado na aparência dos pratos que eram servidos aos médicos internos, em sua época de estudante, o autor assim se coloca:

> Os pratos repetiam-se conforme o dia da semana, a cozinha era boa mas havia apresentações de que não gostávamos e a que dávamos nome porco. Assim uma canja denominada diarréia riziforme, uma sopa de petit-pois que chamávamos de empiema, um bolinho de carne, de mioma uterino e certo rosbife de bartolinite aguda. (p.349)

Importante observar que, transportados para a área médica, a denominação dada aos pratos dá uma clara idéia de sua apresentação.

A tristeza, acompanhada quase sempre de lágrimas, pode assim ser traduzida: *(...) sabendo-me vivo só pelas lágrimas que meus olhos pariam – como nas figuras de Portinari – cada gota tamanho dumazeitona dum bago de uva.* (p. 257).

Aqui, o autor criou uma forma de alongar a palavra e transmitir uma noção de tamanho exagerado para a lágrima a que desejava referir-se. A forma verbal *parir,* aplicada às lágrimas, produz um efeito sugestivo de dor – uma vez que o autor se refere à perda irremediável de alguém – e alcança uma expressividade que ultrapassa o seu conteúdo lógico, resultando numa idéia original.

Já o trabalho de parto, experiência dolorosa e sofrida, pode ser conectado à idéia do padecimento de alguém acometido de abscessos periamigdalinos que provocam infecção e não permitem que o doente se alimente: *A engolida sempre mais dolorosa, a boca fechando no trismo invencível, a febre subindo (...) suores gelados de madrugada, um descanso até a hora do almoço diluído e* posto para dentro como trabalho de parto às avessas. (p.119).

As dores de uma paixão não correspondida podem produzir, na mente, sentimentos de analogia com algo que lhes é parecido, associações perfeitamente acessíveis ao espírito do leitor que as compreende de imediato, participando do jogo intelectivo a que elas o convidam: *Ela passava, eu olhava saindo pelos olhos desde os calcanhares virando pelo avesso. Ela passava sem olhar (...) Meus desesperos. Minha dor-de-corno aguda como nervo exposto.* (p.157).

A "afinidade eletiva" pode se estender a outras áreas, dependendo da experiência e vivência do tradutor. No caso de Pedro Nava, a farta documentação acumulada e a sua capacidade para o desenho, contribuíram para reavivar a lembrança de determinados ambientes e personagens de sua vida. O registro do contorno físico de uma mulher pode levar à cunhagem de uma representação mais adequada que a anteriormente concebida, como se pode perceber numa anotação que recebeu o número 98:

vaselíneo
preferi criar anforilíneo

O autor tem presente, em sua consciência, a forma perfeita da amada. Traduz tal imagem através de um signo aperfeiçoado demonstrando, claramente, que todo pensamento é tradução de outro pensamento. Percebe-se que o autor dialoga consigo mesmo corroborando que a nova forma resultou da tradução de um pensamento em outro, para o qual este pensamento decorrente funciona como interpretante.

Ao se traduzir em outros signos, objetiva-se superar a forma original em termos informativos, acrescentando-lhe significados implícitos que só o criador é capaz de perceber. Assim, o texto de partida e o texto de chegada se complementam em suas intenções comunicativas como se pode comprovar: *Era realmente o segmento que convinha àquela deusa compacta e delicada – moldada com o decisivo, a densidade, o ritmo, a proporção, o* anforilíneo da Vênus Cirenaica *do Museu Nacional Romano.* (p.67)

A tradução se dá, geralmente, quando se sente uma relação de semelhança entre o original e o que se quer expressar. Traduz-se aquilo que toca, que sensibiliza, que provoca; ou seja, traduz-se aquilo que é mais difícil de traduzir. Buscam-se traduzir as semelhanças não explícitas no original, instalando um desequilíbrio entre o estabelecido e o convencional e o resultado da operação criativa. Como se pode perceber, tradução e criação se interpenetram. É o que também ocorre quando Pedro Nava cria o termo *serência* para traduzir um sentimento, operação esta registrada na ficha de número 84:

> Serencia (imito de tenencia) – é o estado de ser um determinado tipo de classe e qualidade inalterável por pressão externa da opinião dos outros, amigos ou não. Por exemplo, no meu caso o Teixeira (amigo) me admitia como médico, professor e isto não causava a menor mossa. Quando eu fui escritor reeditado ele bufou porque devo ter-lhe atingido algum complexo.
>
> Generalizar e estudar esse fenômeno

Mais uma vez é possível observar que o autor cria um observador-leitor ao destacar: *Generalizar e estudar esse fenômeno.* Há uma preocupação com a interação comunicativa com o leitor. A conversação consigo mesmo tem por objetivo garantir essa comunicação. O autor, então, faz uma ponte entre o seu mundo interior e o mundo exterior, ultrapassando a fronteira do eu para o outro. O texto final resultante, confirma o exposto:

> Não se aborrece uma pessoa anos e anos sem que ela adquira aos nossos olhos essa coisa especial que eu descobri então e a que dei o nome de serência – ou seja, o estado de ser que achamos que deva ser mantido, deve ser imutável, deve ser compulsório no nosso próximo e que não queremos ver alterado nem queremos consentir que ele dele saia – sem violenta agressão ao símbolo ideal que tínhamos criado, na sua grandeza ou sua baixeza, na sua bondade ou sua maldade. Ele tem de ser assim e nem mais nem menos. Faz parte da serência desejar sua perenidade e constância nos nossos amigos e inimigos. (...) Ora, essa notoriedade, que de repente me entrou portas adentro, perturbou profundamente um dos meus amigos. O que ele tinha como minha serência era a figura do médico, do professor universitário que ele teria sido se quisesse. Estava dentro de suas possibilidades. Eu era assim, merecedor de seu aplauso – porque esse aplauso, como bumerangue voltava a suas mãos gratificando-o. Esses livros que escrevi não o agradaram porque ele seria incapaz de escrevê-los, com todos seus defeitos – mesmo se quisesse. Logo perdi amigo e adquiri um maldizedor... (p.283-84)

A conversação que o autor mantém consigo mesmo, demonstra que ele traduz uma forma em outra, direcionando-a para um *eu virtual* que é ele próprio. Instaurada a comunicação com este alguém imaginário, materializa o pensamento numa anotação, estabelecendo a interação com o leitor, como observa Plaza (2001:18-19): *Neste caso, o pensamento, que já é signo, tem de ser traduzido numa expressão concreta e material de linguagem que permita a interação comunicativa.*

A frase linear é insuficiente para dar conta do diversificado, do complexo, do divergente. O raciocínio diagramático permite recolher os elementos com que a atitude carnavalesca põe em contato. Auto-organização é um conceito complementar no sentido de oferecer as condições preliminares de associação daqueles elementos. Tradução significa operar no interior das formas e ser capaz de dizê-las de diferentes modos. A decisão de criar é resultado de uma afinidade eletiva. O raciocínio a adotar é o diagramático. Do diagrama para a frase, há um processo de auto-organização e tradução.

Considerações Finais

Quando se está diante de um produto considerado acabado, não se tem a exata dimensão do que significou produzi-lo. É nos bastidores da execução de uma obra que se podem encontrar recursos de natureza cognitiva, as condições de autonomia necessárias ao aprender-a-aprender e estímulos para modificar o conceito de tempo empregado para levar a cabo a tarefa. Altera-se a percepção sobre o desenrolar de um trabalho: o que se acredita estar caminhando lentamente ou que se encontra paralisado, deixa de fazer sentido, pois, no conjunto, tudo pode, paradoxalmente, estar caminhando dentro de condições aceitáveis e sem qualquer motivo para gerar ansiedades.

Uma situação de caos aparente deixa de assim configurar-se quando se descobrem os mecanismos para desvendar leis não-visíveis e com elas obter um montante aceitável de controle. Ao preservar os arquivos com os quais organizou o conteúdo de sua obra, um autor não estará simplesmente guardando material que ocupa espaço. Estará, na realidade, deixando de destruir uma importante documentação de percurso na qual se encerram esses mecanismos que igualmente contêm um modelo de pensamento e aprendizagem.

Um arquivo preservado é um estoque de formas que por si mesmas já são traduções preliminares da realidade. Em seu conjunto, essas formas traçam o mapa de raciocínio seguido pelo autor e revelam tudo o que é necessário para que se possa chegar ao resultado a ser enviado para publicação. Deve ser abandonada a crença de que a finalidade de um arquivo seja apenas a sua aplicação na obra. Como material de estudo, ele ajuda no aprender-a-pensar, componente que complementa e é responsável pela autonomia própria da atitude de aprender-a-aprender. O conhecimento é algo relacional, e nos arquivos de Pedro Nava essa premissa se confirma.

Sem uma *apropriação instrumental da realidade*, ou seja, sem recursos para um adequado direcionamento do olhar, de pouco valem os conhecimentos lingüísticos. Aqui caberia resgatar a equação segundo a qual não importa em que grau já se disponha de signos necessários à comunicação numa dada situação. Haverá sempre possibilidades maiores e mais amplas. Os signos se aperfeiçoam num processo de contínua correção e sempre subordinam os signos que lhes antecederam na mesma função. Esta, no entanto, é uma operação que somente será útil se for monitorada pelo processo de auto-organização.

Realizar o contato com signos comporta uma armadilha. Seu poder reprodutor é de tal ordem que se multiplicam em dezenas ou centenas em segundos. As formas, se não colocadas em registro,

Considerações Finais

acabam por tornar-se fugidias, modificar-se nos contornos, desaparecer. Em outras palavras, é necessário aceitar que à frase não cabe o papel exclusivo de dar existência a um texto. Ela tem recebido a sobrecarga de auxiliar no planejamento do texto e o resultado é frustração, uma vez que dela se espera o que não é capaz de fazer. Em seu lugar deveriam adotar-se *arquivos* contendo formas que nela se acomodarão. O contato com essas formas é, dentre outras relevantes dimensões, o contato com o olhar (re)educado.

Habituar-se a manejar formas antes da frase e do texto final equivale a aprender a organizar registros e deixar de executar reflexões puramente "de cabeça". Junto a essas formas que vão sendo agrupadas, figura o contato com modelos, pautas ou esquemas referenciais que influenciam diretamente no processo de aprendizagem ou leitura da realidade. A ausência de registros deixa a maior parte dos signos escaparem. Construir uma peça de comunicação, seja qual for a sua natureza, produz uma situação de reencontro e redescoberta: é uma experiência emocional que não deixa de ocorrer por maior que seja a objetividade que se haja pretendido. Está nessa dimensão emocional a raiz dos bloqueios à continuidade do trabalho, não necessariamente só na ausência de conhecimento lingüístico.

Pedro Nava abre os bastidores de uma de suas obras e com isso concede o privilégio a todos os que obtiverem contato com seus registros, o acesso aos instrumentos de apreensão do objeto do conhecimento. Há uma transferência de poderes: com a posse de instrumentos de efeito comprovado, trabalha-se com segurança e com capacidade de avaliar decisões e aferir resultados. Ganha-se no contato com uma experiência estética ampliada na qual se encontram registradas as soluções com as quais se pode aprender e fazer crescer a autonomia e a (auto)confiança. Publicar um texto é também uma experiência social, e o que talvez não se saiba ou não se pense com a devida profundidade é que essa experiência é advinda da capacidade de gerar um conjunto de relações com as quais se logra ultrapassar o âmbito puramente individual e atingir o social. O contato com os arquivos de Pedro Nava sela, definitivamente, a compreensão de que qualquer texto será sempre resultado de uma dimensão muito maior do que ele próprio. Criar essa dimensão é um exemplo inequívoco de que o texto não se constrói em definitivo, mas ganha corpo no contínuo selecionar e combinar formas.

Bibliografia

ANDRADE, Mário de. (1978). *Macunaíma:* o herói sem nenhuma caráter. Edição crítica de Telê Porto Ancona Lopez. Rio de Janeiro: Livros Técnicos e Científicos; São Paulo: Secretaria da Cultura, Ciência e Tecnologia.

AULETE, Caldas. (1964). *Dicionário contemporâneo da língua portuguesa.* 2 ed. brasileira. Rio de Janeiro: Editora Delta S.A. vol III.

BAKHTIN, Mikhail Mikhailovitch. (1997). *Estética da criação verbal.* São Paulo: Martins Fontes.

BAKHTIN, Mikhail Mikhailovitch. (1999). *A cultura popular na idade média e no renascimento:* o contexto de François Rabelais. Trad. Yara Frateschi Vieira. 4 ed. São Paulo: Hucitec: Brasília: Editora da Universidade de Brasília.

BLEGER, José. (1998). *Temas de psicologia:* entrevista e grupos. Trad. Rita Maria M. de Moraes. 2 ed. São Paulo: Martins Fontes.

CAMPOS, Haroldo de. (1967). Da tradução como criação e como crítica. In. *Metalinguagem:* ensaios de teoria e crítica literária. Petrópolis: Vozes.

CHALLUB, Samira. (1997). *Funções da linguagem*. 8 ed. São Paulo: Ática.

DICCIONARIO DE LA LENGUA ESPAÑOLA. (1995). Barcelona: Olympia Ediciones.

DICCIONARIO UNIVERSAL DEL ARTE Y DE LOS ARTISTAS – PINTORES. (s/d). Traducción y adaptación de Juan-Eduardo Cirlot. Publicado bajo la dirección de Robert Maillard.

DICIONÁRIO PRÁTICO ILUSTRADO. (1969). Edição aumentada e atualizada por José Lello e Edgar Lello. Porto: Lello e Irmão Editores.

DUARTE Jr. João Francisco. (1988). *Fundamentos estéticos da educação*. Campinas: Papiros.

ENCICLOPÉDIA COMPACTA DE CONHECIMENTOS GERAIS. ISTO É GUINESS. (s/d). São Paulo: Editora Três.

GÊNIOS DA PINTURA (1980). *Góticos e Renascentistas*. São Paulo, Abril Cultural.

GENOUVRIER, Emile & PEYTARD, Jean. (1974). *Lingüística e ensino do português*. Trad. Rodolfo Ilari. Coimbra: Livraria Almedina.

GRANDES PERSONAGENS DA HISTÓRIA UNIVERSAL. (1971). São Paulo: Abril Cultural, Vol. III.

JAKOBSON, Roman. (1999). *Lingüística e comunicação*. Trad. Izidoro Blikstein e José Paulo Paes. 7 ed. São Paulo: Cultrix.

KNELLER, George F. (1999). *Arte e ciência da criatividade*. Trad. de J. Reis. 14 ed. S. Paulo: Ibrasa.

KOOGAN, Abrahão e HOUAISS, Antônio. (1997). *Encliclopédia e Dicionário Ilustrado*. Rio de Janeiro. Edições Delta.

MICHAELIS: (1998). *Moderno dicionário da língua portuguesa*. São Paulo: Companhia Melhoramentos.

MORIN, Edgar & LE MOIGNE. (2000). Jean-Louis. *A inteligência da complexidade*. Trad. Nurimar Maria Falci. São Paulo: Peirópolis.

Bibliografia

MORIN, Edgar (1992) *O método IV*. as idéias: a sua natureza, vida, habitat e organização. Trad. Emílio Campos Lima. Mira-Sintra – Mem Martins, Portugal: Publicações Europa-América.

_____. (2000). Ciência e consciência da complexidade. In: MORIN, Edgar & LE MOIGNE, Jean-Louis. *A inteligência da complexidade*. Trad. Nurimar Maria Falci. São Paulo: Peirópolis.

_____. (2000). A epistemologia da complexidade. In: MORIN, Edgar & LE MOIGNE, Jean-Louis. *A inteligência da complexidade*. Trad. Nurimar Maria Falci. São Paulo: Peirópolis.

_____. (2001) *O método 4*: as idéias. Trad. Juremir Machado da Silva. 2 ed. Porto Alegre: Editora Sulina.

NAVA, Pedro. (1972a). Nava, um baú de lembranças. In: *Jornal do Brasil*. Rio de Janeiro, 4 nov.

_____. (1972b). Pedro Nava: um mineiro de propósito. In: *O Estado de São Paulo*: Suplemento Literário. São Paulo, 12 dez.

_____. (1974). A busca de si mesmo. In: *Revista Veja*. São Paulo, 17 abr.

_____. (1975). O personagem final. In: *Jornal do Brasil* - Suplemento O livro, Rio de Janeiro, 6 dez.

_____. (1979) *Beira-Mar:* memórias 4. 2 ed. Rio de Janeiro: José Olympio.

_____. (1983a). Fazer 80 anos é uma aventura perigosa. In: *Última Hora*, Rio de Janeiro, 27 jun.

_____. (1983b). *O círio perfeito:* memórias 6. Rio de Janeiro: Nova Fronteira.

_____. (1983c). Entrevista concedida ao Informativo Oficial da Sociedade Brasileira de Reumatologia. Ano VII, abr./mai/jun.

_____. (1983d). Pedro Nava: memória e tempo. In: *O Estado de Minas*: Suplemento Literário: Edição Especial. Belo Horizonte, 26 nov.

_____. (1986). *Balão Cativo:* memórias 2. 4 ed. Rio de Janeiro: Nova Fronteira.

OSTROWER, Fayga. (1999). *Criatividade e processos de criação.* 13 ed. Petrópolis: Vozes.

PEIRCE, Charles Sanders. (1977). *Semiótica.* Trad. José Teixeira Coelho. São Paulo: Perspectiva.

PICHÓN-RIVIÈRE, Enrique. (2000). *O processo grupal.* Trad. Marco Aurélio Fernandes Velloso. 6 ed. São Paulo: Martins Fontes.

PIGNATARI, Décio. (1979). *Semiótica & literatura:* icônico e verbal, oriente e ocidente. 2 ed. rev. e ampl. São Paulo: Cortez & Moraes.

PIJOÁN José Y NUÑO, Juan Antonio Gaiya. (1967). *Summa artis:* história general del arte: arte europeo de los siglos XIX e XX. 1 ed, Madrid: Espasa-Calpe S.A, vol. XXIII.

PLAZA, Júlio. (2001). *Tradução intersemiótica.* São Paulo: Perspectiva; (Brasília): CNPQ.

SALLES, Cecília Almeida. (1998). *Gesto inacabado:* processo de criação artística. São Paulo: FAPESP: Annablume.

_____. (2000). *Crítica genética:* uma nova introdução. 2 ed. São Paulo: Educ.

SANTAELLA, Lúcia. (1995). *A teoria geral dos signos:* semiose e autogeração. São Paulo: Ática.

SCHAEFFER, Renato. (2000) Auto-organização na ação humana e o naturalismo esclarecido: o modelo de Michel Debrun. In: D'OTTAVIANO, I. M. L. e GONZALES, M. E.. Q. (orgs.) *Auto-organização:* estudos interdisciplinares. Campinas: Unicamp/CLE. Coleção CLE, vol. 30.

SHERMAN, John. (1978). *O maneirismo.* Trad. de Octavio Mendes Cajado. São Paulo: Cultrix: Ed. da Universidade de São Paulo.

VIGOTSKI, Lev Semenovich. (1996). *Pensamento e linguagem.* Trad. Jefferson Luiz Camargo. São Paulo: Martins Fontes.

Título	Pedro Nava e a Construção do Texto
Autores	Edina Panichi; Miguel Luiz Contani
Capa	Carolina Fagundes
	Imagens pertencentes ao Arquivo pessoal de Pedro Nava
Projeto Gráfico	Carolina Fagundes
Editoração Eletrônica e Composição	Maria de Lourdes Monteiro
	Kely Moreira Cesário
Formato	15 x 22 cm
Tipologia	Garamond
Papel	Supremo 250 g/m² (capa)
	Polén Rustic 90g(miolo)
Número de páginas	166
Tiragem	2000
Fotolitos, Impressão e Acabamento	Imprensa Oficial de São Paulo

A Eduel é afiliada à